ヴァンパイア娘、
ガーリックシェフに恋をする！　2

ゆちば

JN031953

アティルノベルス

ヴァンパイア娘、
ガーリックシェフに恋をする！　2

ヴァンパイア娘、
ガーリックシェフに恋をする！　2

第七章　ヴァンピー姫は行楽弁当がお好き

アヤカシ――。それは人智を超える力を持つ者たちのこと。

魔族、妖怪、妖魔、ゴースト、霊……。国や地域によって呼称は様々。外見や能力、寿命も十人十色。

でも、それってニンゲンと何が違うんだろう。ニンゲンだって、個体によって何もかもが異なるじゃないか。何故、アヤカシとニンゲンは相容れないのだろう。

近頃は、東西のアヤカシ祓《ばら》いが無差別にアヤカシとニンゲン狩りを行っていると聞く。そろそろ一度、牽制《けんせい》が必要か。

あぁ。彼女なら、別の方法を思いつくのだろうか。いや、何も考えないか。彼女はいつも、お花畑で猪突猛進な思考をしているのだから。

九つの金の瞳を持つ白い神獣が、青空をふわりと駆ける。

思い浮かべていたのは、金の髪に赤い瞳の混血のアヤカシ。ゴシックファッションと服作りが大好きな少女。

「鬼月《おにづき》観月《みつき》――」

その名の少女こそ、禁断の恋に燃える十八歳。ニンゲンのガーリックシェフに恋をしたヴァンパイア娘だ。

🎀🎀🎀

「ごくらくぅ～……」

金色の長い髪とルビーのように赤い瞳をした少女が、リクライニングチェアの上で気の抜けた声をあげた。

リラックス効果抜群の森林の香りのアロマ。心地よいＢＧＭ。絶妙にくつろげる角度のリクライニングチェア。そして凄腕エステティシャンの最上級のフェイシャルエステによって、少女――鬼月観月は身も心も癒されていた。

「深雪《みゆき》さ～ん。最っ高です～」

「そう言ってもらえて嬉しいわ。ありがと♡」

観月の顔を温かい蒸しタオルで包みながら、銀髪の男雪女――深雪はバチコンと冷気の塊をウインクで飛ばす。さささささ、寒い。

けれどウインクの冷たさとは反対に、深雪の指はかつて氷のように冷え冷えだったことが嘘のように温かい。日頃から【ガーリックキッチン彩花《さいか》】のニンニクオイルを食事に取り入れるようになった深雪の指は、とてもぽっかぽかなのである。

「ヴァンパイアちゃん、メイクもしてあげるわね。せっかくのデートだもの」

深雪の言葉に、観月は照れた表情で「ありがとうございます」と礼を述べた。デートのためにとエステを頼んだ観月に大割引きをしてくれた深雪には、一生頭が上がらないだろう。

そう。なんと今日は、愛しの天使聖司《あまつかせいじ》とのデートなのである。

そりゃあもう、楽しみすぎて昨夜から一睡もできないほどに目がギンギン。眠れないので精神を落ち着けるためにミシンを稼働させ、寝ていた家族たちから大クレームを食らい、静かに『年上鈍感男子を堕とす小悪魔テクニック百選』を読みながら夜を明かした観月なのである。

「ぐふふ。聖典《バイブル》を参考に〝守ってあげたくなる儚《はかな》げ女子コーデ〟で来ましたからね。見てください、この萌え袖のゴシックミニワンピースを。甘めのフリル多めですよ。

これでシェフは、私への庇護《ひご》欲でいっぱいに……」

「はいはい。黒いお腹はしまっておきなさいね。それより、今日はどこに遊びに行くの？　ランチ？　映画？」

「遊園地にヒーローショーを観に行きます！」

「ひーろー……？」

鏡の前でメイク道具を用意していた深雪は、ぽろりとファンデーションのチューブを床に落としてしまう。彼女（彼）の目はテンである。

だから、観月はもう一度言った。

「食卓戦隊ヤクミジャーのヒーローショーを観に行きます！」

「何のヒーローショーなのか言われても、分からないわよ。アタシ、詳しくないもの」

「大丈夫です。半日あれば、深雪さんもヤクミジャーマスターです。私と東雲《しののめ》は、デートに備えて三十話を二倍速で視聴しました」

「東雲って、弟君よね？　え？　まさか、弟君までデートに来るの？」

力強く「はい！」と頷《うなず》く観月を見て、深雪は理解不能と言わんばかりに頭を抱える。「それ、デートなの?」と。

なぜ、観月が天使とのデートでヒーローショーに行くことになったのか。

なぜ、観月と東雲と天使の三人デートが予定されているのか。

話は昨日の昼にまで遡《さかのぼ》る――。


ニンニク料理専門店【ガーリックキッチン彩花】のランチタイムの終わり間際。

シェフこと、天使聖司がキッチンで「はぁ……」と重いため息をついていた。

逞《たくま》しい大きな身体が悩ましげなオーラを放ちながら丸くなっていて、思わず可愛《かわい》いとも思ってしまう。けれど。

(これは、異常事態発生だ!)

いつもポジティブでマイペースで鈍感な彼がため息をつくこと自体が珍しいため、観月は脳内警報を打ち鳴らし、ぐいぐいっと天使に駆け寄る。

「シェフ、何かあったんですか?」

「天使さん、何かあったんですか？」

そっくりな台詞がカウンター席から飛んで来たため、観月はその声の主と顔を見合わせた。これが双子のシンクロというやつらしい。

相手は弟の鬼月東雲。東雲も観月と同じく天使に好意を寄せており、彼にアタックするためにこの店に足しげく通っている。恋愛においてはチートな能力を持つインキュバスだというのに、丁寧に関係を築きたいらしい。ライバルの観月としては、知らぬ間に出し抜かれる心配がないので有難い。

「白沢《しらさわ》さんに嫌味を言われたとか？」

「白沢さんに嫌味を言われたとか？」

「それ、凌悟《りょうご》に聞かれたら怒られるぞ？」

天使は愁《うれ》いを帯びた笑みを返す。

話題の白沢凌悟とは、セレブでドSで口を開けば嫌味が飛び出す男だが、ねじれた根っこは従業員思いというオーナーである。ここ数日は本業が忙しいという理由で不在だが、いなくてもこうしてすぐに話題に上る人物だ。

そしてどうやら、そんな白沢は天使の悩みの原因ではないらしい。

「実は行きたい場所があるんだが、どうも俺だけでは行きづらくてな」

天使は東雲以外のお客が退店したことを確認すると、少し恥ずかしそうな表情を浮かべる。

(まさか、風俗店？　デビューが恥ずかしい的な？)

観月は喉の奥まで出かかった言葉を押し込め、ハラハラしながら天使が再び口を開くのを待った。東雲も同じことを思ったのか、「姉に席を外させましょうか」と親切に提案している。絶対に動くもんか。

だが、二人の想像は大はずれ。やはり、我らが天使はピュアだった。

「食卓戦隊ヤクミジャーのヒーローショーを観に行きたいんだ」

切実そうに訴えてくれているところ申し訳ないが、観月と東雲は「何ですか、それ」と目をぱちくりさせていた。「しょくたく？」、「やくみじゃ？」と、聞き取れた部分だけをオウム返しする。

「やっぱり知らないよな。ヤクミジャーは特撮番組なんだ」

天使はぎこちない手つきで店のタブレットを操作し、「食卓戦隊ヤクミジャー」なる番組の公式サイトを見せてくれた。そこには赤、青、黄、緑、ピンク、白のヒーロースーツを纏《まと》った六人組と彼らの敵なる勢力が紹介されている。

「えっと、男の子向けの特撮ヒーローなんですね」

「ちゃうで～。イマドキのハイパー戦隊は、男の子だけやのうて、女の子やママさんにも大人気なんやで」

東雲の言葉を訂正してきた関西弁の主は、柔らかそうな琥珀《こはく》色の耳と尻尾のおじさん妖狐《ようこ》——伏見稲荷《ふしみいなり》だった。先ほど会計を済ませて帰ったかと思っていたのに、いつの間にやら気配なく店に戻って来ている。さすがは妖狐の職業斡旋《あっせん》団体を取りまとめるお頭《かしら》……、というか急に現れて怖い。

「いたんですか、伏見さん！」

「ヤクミジャーて聞いたら、黙ってられへんくて」

「お好きなんですか？　その……、ヤクミなんとか」

「プリキュンの続きで見さしてもろてるよ。ゴールデンニチアサタイムや」

分からん。日本《にほん》語を喋《しゃべ》ってくれ。

「食卓戦隊ヤクミジャーは、食事がテーマの特撮ヒーロー。トウガラシレッド、アオジソブルー、ショウガイエロー、ネギグリーン、ミョウガピンクの五人が力を合わせて、地球の支配を企むカロリー帝国の妖魔と戦う話や。役者はイケメンと美女、敵には人気声優を惜しみなく当ててはって、ここ数年のハイパー戦隊の中では一番の人気作やな」

「えっと……。すごく人気がある番組ってことだけは分かりました」

（聞いた時は、ギャグ漫画かと思っちゃったけど）

観月と東雲は困惑気味に頷くと、再度タブレットの画面を覗き込む。

鬼月家ではあまり見てこなかった系統の番組であるため、基準がよく分からないものの、きっとかっこよくて面白いのだろう。

そして画面を拡大し、「むむ？」と首を傾げる。それは、先の伏見の説明にはいなかった白色のスーツを着た男性ヒーローの存在だ。

「ヤクミジャーは五人組なんじゃ？」

「よくぞ注目してくれた！」

急に天使の三白眼がキラリと光ったかと思うと、彼は嬉しそうに身を乗り出してきたではないか。あ、このモードは……と、観月は察する。

「彼は、ニンニクホワイト！　この夏に追加戦士として仲間になったヒーローだ。

スタミナ溢れるパワー系で、先代ヤクミジャーの生き残りという先輩キャラだな。必殺技のガーリックメテオキックの演出が、とてもかっこいいんだ！」

　ニンニクオタク、天使聖司。まさか、特撮ヒーローにまで手を広げていたなんて。

「特撮ヒーロー番組なんて見たことすらなかったんだが、伏見さんから教えてもらってな。ニンニクを愛するものとして、ニンニクホワイトを応援しなければと思っていたら、いつの間にかハマってしまっていた」

　あんたが元凶かよと、観月は伏見をやれやれと見やる。

「で、そのヤクミジャーのヒーローショーに行きたいと？」

「あぁ。ヒーローショーで僕と握手、なんだ」

「僕と握手？」

「本物のキャストが来はって、握手できんねや」

　伏見の補足説明を聞き、観月は「ほう」と頷いた。本物の役者に会えるとなれば、ファン大歓喜のイベントだろう。

「だが、二十八にもなる男の俺が、子どもや女性ファンたちに混ざるのはさすがに抵抗があってな……。だから悩んでいるんだ」

天使のため息の理由は、ソレだったらしい。

だって、こんなムキムキの成人男性だもんね。むしろ、こっちがヒーローかな？　というほどに逞しい天使がヒーローショーを観覧している様子を想像すると、そこには違和感しかない……と、観月は唸《うな》る。

（一緒に行ってあげたいけど、私はヤクミジャーが分からないし……。てか、私も恥ずかしいし）

どうしたものかと観月が思考を巡らせていると、天使がぽつりと残念そうに呟いた。「せっかくもらった遊園地のチケットだが、仕方がないな……」と。

（今、遊園地って言いました？）

聞き捨てならぬと反応したのは、観月だけではない。同じく東雲もハッとした様子で瞳を大きく見開いていた。

「シェフ。ちなみにヒーローショーが行われる場所は？」

「遊園地だ。隣の魔夜花《まやか》市にあるマジカルパーク」

天使は「商店街の福引で当たったペアチケットだ」と、エプロンのポケットから小さな紙切れを二枚取り出して見せてくれた。その神々《こうごう》しい輝きに、観月と東雲は

「マジでマジパー……！」と目を細めずにはいられない。

マジカルパーク。通称マジパーとは、魔法をテーマにしたテーマパークだ。中世ヨーロッパをモチーフとした造形のアトラクションや建物が並び、まるでファンタジー小説の世界に入り込んだかのような気分になれる遊園地。ロマンチックで映えるお城や薔薇《ばら》園も有しているため、ファミリーだけでなく、若者にも人気がある。もちろん、カップルにも。

「私、行きます！」

「ボク、行きます！」

観月と東雲が同時に挙手をした。ニンニクホワイトはさて置いて、頭の中は天使とのらぶらぶマジパーデート一色。海で目ぼしい進展がなかった身としては、是非とも行かせていただきたい。

「弟よ。海の勝負で、お姉ちゃんが勝ったでしょう？　譲ってくれるよね？」

「姉さん。あれはボクの勝ち。だからボクに譲ってくれるよね？」

目が笑っていない姉弟。符花《ふか》海岸での天使救出バトルの勝敗がついておらず、彼とのデートの権利が宙に浮いたままだったのだ。せっかく仲直りしたというのに、再び不仲の危機である。

「喧嘩《けんか》するなよ。そんなにヤクミジャーのショーが観たいなら、二人にチケットをやるから。俺のことは気にしなくていいぞ」

天使、姉弟を気遣う。優しい、好き。だけど、それでは意味がない。

「私たち二人で行きたいんじゃなくて……！」

「ヤクミジャーを観たいのは天使さんですし……！」

「遠慮しなくていい。興味を持ってくれたことの方が嬉しいんだ。思う存分、楽しんできてくれ」

天使から厚意全開でマジパーのチケットを押し付けられ、「いやいや違うんです」と押し返そうとする観月と東雲。そんな遣《や》り取りを見て収集がつかないと判断したのか、伏見が見兼ねた様子で口を挟んだ。

「おっさん、タダ券一枚持っとるし、三人で行ってきぃ」

神、降臨！

今後はお賽銭《さいせん》をはずむしかないと、観月と東雲は伏見大明神を拝み倒したのだった。

そんな昨日を経て、張り切ってエステにやって来た観月である。東雲に負けてたまるかと、おめかしに余念がない。

「絶対私がシェフをときめかせまくってやるんです！」

「なるほどねぇ。にしても、魔性の力を持つインキュバスと張り合わなくちゃいけないなんて、気の毒ったらないわね」

メイクの出来を確認しながら、深雪は小さなため息をつく。吐かれた息がとても冷たい。

観月は不意打ちの冷気にブルブルと震えるが、鏡に映るメイクアップされた自分の顔を見て、自信満々に笑ってみせた。

「大丈夫です。私は、天上天下唯我独尊挙世無双の天下無敵なんですから！」

「なぁに？　覚えたての四字熟語四連発？　まぁ、ともかく頑張ってちょうだい。朗報を楽しみにしてるわね」

本日二回目の冷たいウインクをモロに浴びながら、観月は深雪に向かって「ごごご期待ください！」と歯をガタガタと鳴らす。

ちなみに、自信の根拠はどこにもない！

🎀 🎀 🎀

彩花駅から電車で小一時間。魔夜花市にあるマジカルパークで観月たちは待ち合わせをしていた。

「同じ彩花町から行くんだし、一緒に行けばよかったんじゃない？」

「東雲君ってば、無粋ですわよ！　待ち合わせはデートのスパイス。彼を待つワクワク感が大事なのですわ」

東雲には「どこの恋愛マスターなの」と、呆れられたがかまわない。聖典の読み込みが甘いぞ、弟よ。

そして、さぁ待ち合わせ時間までまだ三十分もあるぞと入場ゲートを訪れると――。

「おはよう！　ヒーローショー日和《びより》で良かったな！」

無地の黒Tシャツに薄手のジャケット姿の天使が、晴天をバックに満面の笑みで待ち構えていた。ちょっとだけ余所《よそ》行きの格好してる、可愛い……と、観月は心のシャッターを切りまくる。

「行楽弁当、作って来たぞ。ニンニク味噌の焼きおにぎりが自信作でな。ヤクミジャーのショーを観た後に食べよう」

女子力、いやシェフ力が高い。こちらはデートが楽しみすぎて、お昼ご飯のことなど頭から抜け落ちていたというのに。

「プロの料理人さんにお弁当を作らせちゃって、申し訳ないです。……ボク、実は手作りクッキーを持って来たんですけど、良かったらおやつに」

東雲が小ぶりな紙袋をおずおずと差し出す。朝から何か手に持ってるなと気になっていたのだが、まさか手作りクッキーを用意していたなんて。

「東雲！　いつの間に！」

（しまった！　いきなり出し抜かれた！　東雲ってば、クッキーなんて作れたの？）

東雲が、にこりと笑う。

（あ、これは作ってないパターンだ。多分、お母さんが手作りしたやつを持って来ただけだ）

だって、昨日お母さんがお菓子作りサークルに行ってたもんと、観月は東雲を「しのくん〜？」と母の真似をして呼んでやった。

「なぁに。姉さん。ボク、嘘はついてないけど」

東雲、涼しい顔。むぐぐ。たしかに嘘はついてないけど。でもずるい。

本当のことを言ってやろうかと思ったが、当のシェフが「美味しそうだなぁ。楽しみだ」とご機嫌な様子なので、観月は空気を読んで押し黙る。姉弟でいがみ合っているところを見ても、天使は喜ばないだろう。だから、ここからが観月の頑張りどころだ。

（シェフ。覚悟していてください。今日はときめき沼に溺《おぼ》れさせてあげますから！）

だが、しかし。

（思うようにいかないのが人生なんだな。みつき）

悟りを拓《ひら》いたかのようなポエムを詠《よ》んでしまうほどに、事はうまく運ばないものである。

その要因は、天使聖司というニンゲンが異常なほどにアヤカシに好かれるということだ。彼の魂は、アヤカシにとって「綺麗」だったり「美味しそう」だったりと、本能的に魅力を感じてしまう代物なのである。

ゆえに、天使は日常的にアヤカシに魂を狙われている。本人はまったく気がついていないのだが、しょっちゅう様々な霊や妖怪に襲われかけていて、先日も海でマーメイドギャルに誘拐されるところだった。

そうなることを防ぐため、普段は白沢がガードマンの役割を果たしているのだが。

「あのヒトがいないと、やっぱりこうなるのか……！」

「白沢さんの存在のでかさを痛感させられる……！」

鬼月姉弟がぜいぜいはぁはぁと肩で息をしている理由は、マジパーに足を踏み入れてからずっと、天使に襲いかかるアヤカシたちを撃退し続けているからである。

例えば、メリーゴーランド。

子どもたちに混ざって乗ってみるか～と、少し遠慮して白馬ではなく馬車に乗り込むと、その馬車を引く馬がアヤカシ——首切れ馬だった。

おそらく、霊感のない者にはただの作り物の馬に見えている。だがアヤカシである観月と東雲の目には、首が刃物でスパンと斬り落とされたグロテスクな馬として映っていた。とてもではないが、断面を直視できない。しかも、天使を乗せた馬車を引いてメリーゴーランドからとんずらしようとするではないか。

「こんにゃろ〜っ！」

メリーゴーランド搭乗中の観月の台詞である。

天使は不思議そうな顔をしていたが、同じ馬車に乗り、首切れ馬の手綱《たづな》を必死に引いていた観月の気合の叫びである。


例えば、迷子発見。

泣きじゃくるショートボブの少女が、「あたし、ママンとはぐれちゃったの。迷子センターどこか知ってる？」と天使に駆け寄って来た。

その少女の正体は座敷童《ざしきわらし》。イマドキの座敷童は座敷なんて狭い世界から飛び出すアウトドア派だし、髪型だっておかっぱではないらしい。

そんなことに感心していると、座敷童が天使の手を引いて歩き出したため、観月と東雲は慌てに慌てた。この座敷童、絶対に迷子センターに行くわけがない。多分、行き先はそれこそお座敷なのではないか。

それを察した東雲は、「ボクが一緒に迷子センターに行きますよ」と、魔性の笑みを座敷童に向けると、天使と彼女を引き離した。

一撃コロリ。

インキュバスの魔性は幼女のアヤカシにも通じるようで、座敷童はメロメロの表情で東雲と手を繋《つな》ぎ、迷子センターに送り届けられた。

天使の感想は、「東雲は子どもにも好かれて羨ましいな」。

あなたはあらゆるアヤカシから好かれています、と言えないことが残念である。

例えば、ジェットコースター。

天使の隣の席を姉弟で争っていると、「姉弟仲良く座ったらいいんじゃないか」と天使に後ろの席に座られてしまった――、というがっかりエピソードはさて置いて。

ジェットコースターの最後のトンネルで撮影される記念写真が、恐ろしい有り様になっていた。

「シェフの周りが定員オーバーすぎる」

座席に座る天使の隣、頭の上、膝の上、肩の上と、死霊がてんこ盛りに写真に写り込んでいた。おぞましい心霊写真である。だが、死霊たちはジェットコースターにシートベルトなしで乗車していたため、最後のカーブで振り落とされたらしい。出口に向かう時には、姿が見当たらなかったのが幸いだった。

東雲は、「キモすぎて天使さんには見せられないけど、ボクは大事に取っておくよ」とこっそりと写真を購入していたので、祟《たた》られないだろうかと心配になる観月だった。

はたまた、急流下り。

ゴムボートに乗り込み、激しく波打つ水面を乗り越えていくアトラクションである。

そもそも観月は泳ぐことができないため、急流にハラハラヒヤヒヤと恐ろしい思いをしていた。遊園地の乗り物なので本来危険はないはずなのだが、今回に限っては深刻だった。

「助けて。ボートが転覆しちゃう！」

震え上がる観月を見て、天使が「ははは。大袈裟《おおげさ》だな」と楽しそうに笑っていたが、本当にゴムボート転覆の危機だった。三人が乗ったゴムボートの周りには、角やら牙やらが生えまくった人面魚がぐるぐると泳ぎ回り、虎視眈々《こしたんたん》と天使を狙っていたのだ。

ゴムボートに穴でも開けられたら絶体絶命。そうさせてはなるものかと、観月と東雲はグーパンチで人面魚たちをのしていった。拳《こぶし》が痛い。

そして、下船時。精も根も尽きかけていた観月に、天使は「怖がる観月は新鮮だったな。可愛いところを見てしまった」と、キュン台詞を吐いてきた。

あぁ、そんなの反則だよと、拳の痛みなど一瞬で消し飛んでしまっただけでなく、なぜが一人だけ水をばっしゃばしゃに浴びてしまった天使の透けたTシャツを見て、「ご馳走様です」と両手を合わせた観月だった。

ちなみに東雲も、「ありがとうございます」と天使を拝んでいた。

そして、カップルたちの憩《いこ》いの個室こと観覧車。

周囲から「三角関係かしら」と囁《ささや》かれながら、男女三人で乗り込んだ。

ゴンドラ内の話題は、ヒーローショーを控えたヤクミジャー。

「ヤクミジャーの敵には、ヴァンピー姫というヴァンパイアのお姫様がいるんだ」

「あ、ＤＶＤで観ましたよ。ヤクミジャーの前に立ちはだかる強敵ですよね。相手を不健康にする魔法を使う――」

「そうそう。ヴァンピー姫は父親の妖魔皇帝に忠誠を誓っていて、ニンゲンは悪だと信じ込まされているんだ」

「なんだか他人事とは思えない境遇です」

「そうだな。観月に少し似ているな。金髪で黒いドレスを着ているから」

「ボクも、姉さんに似てると思ってた」

「え～。そうですかぁ？」

実に色気のない、平和な会話が続いた。

そして三人を乗せたゴンドラは、大空を一周して地上に戻って来た。

（いや！　何も起こらないんかい！）

漫画や小説では、観覧車は止まってしまうのがお約束なのに！

空で孤立したゴンドラ内で起こる密着キュンキュンや、ゴンドラに爆弾が仕掛けられていたりとか、ゴンドラがすっぽ抜けたりとか、そういうあれやこれはどこに行ったのか。警戒損である。

（アヤカシ、空気読まなすぎぃっ！　デートっていうか、これじゃガードなんですけど！）

🎀🎀🎀

やはり、真夏の遊園地はヴァンパイアの観月には厳しいらしい。〝アンリミテッド日焼け止め〟と〝パワフル日傘〟を使用しているとはいえ、屋外の日差しは殺人級。ヴァンパイア十パーセントの東雲と比べ、観月は段違いにぐったりとしている。

加えて、襲いかかってくるアヤカシたちへの対処だ。疲弊するに決まっている。

（姉さん、デート張り切ってたのに。これじゃあ、ときめき沼どころじゃないよ

な）

「東雲、観月のことが心配か？」

「あ……。はい。姉は暑いのが苦手なので……」

天使に内心を言い当てられ、売店のドリンクメニューを遠目に見ていた東雲の赤い瞳がぐるぐると泳ぐ。シスコンと思われたらちょっと嫌だなと思ったのだ。だって、ボクはシスコンなんかじゃないのだからと。

二人は観月を日陰のベンチで休ませて、売店に冷たい飲み物を買いに来ていた。気温が高いせいか、たくさんのニンゲンたちがジュースやアイスクリームを求めて列を作っており、その密集具合がいっそう熱を高めているような気がする。ニンゲンは群れることが好きだから、このような非効率な状況も受け入れてしまうのだろうかと、理解に苦しむ東雲だったのだが。

「二人だけで話すのは、なんだかんだ初めてかもな。新鮮だな。店で会う時は、いつも誰かがいるから」

グッ！

天使の何気ないひと言に思わずグッときてしまった音が、東雲の脳内に響く。

鬱陶《うっとう》しいと思っていたニンゲンの列よ、ありがとう。

列が長ければ長いほど、天使と二人で話すことができる時間が延びる。姉も日陰で休息する時間が増える。これは一石二鳥というヤツだ。

そして東雲が頬《ほお》が緩みそうになるのを堪《こら》えていると、天使はザ・日常会話「大学どう？」を繰り出してきた。

「大学は別に……。面白いことなんてないですよ」

「もったいないぞ。キャンパスライフはあっという間に終わってしまう。興味があることをどんどんやってみたらいい」

「……そういう天使さんは、どこ大だったんですか？」

普段は受験生の観月を気遣っているので、【ガーリックキッチン彩花】で大学の話はほとんどしたことがなかった。だから当然、東雲は天使の学歴など知るはずもなく――。

「凪辻《なぎつじ》大学だ」

「なぎ大っ？」

あっけらかんとそう答えた天使に、東雲は度肝を抜かれてしまった。

凪辻大学と言えば、東京《とうきょう》の都心に門を構える伝統ある国立大学。とんでもない秀才しか合格できないというエリートによるエリートのための大学で、一流企業家や官僚なんかを多く輩出している。医学部がないので東雲の志望大学の候補には挙がらなかったのだが、その存在は全国民が知るところである。

（天使さんって、めちゃくちゃ賢いヒトじゃん！）

衝撃の事実に目を剥《む》き、ヤバい、惚《ほ》れ直したと唸る東雲。

なんだ。ただのド級のニンニクオタクかと思っていたら、中身の詰まりまくった秀才じゃないか。

「すごいですね、天使さん！　大学では何を専攻されてたんですか？」

「農学部でニンニクの研究をしていたぞ」

前言修正。このヒト、中身までニンニクが詰まったニンニクオタクだった。

だがニンニク関連の話にしては、珍しく天使の声のトーンが低かった。「俺の研究なんて、褒められたものじゃなかった」と、自嘲《じちょう》気味な笑みまで浮かべている。

研究成果が芳しくなかったのだろうか。そう思った東雲は、そこに触れるべきかどうかをためらってしまう。誰にだって、触れられたくない部分はあるのだから。

するると、そんな東雲の一瞬の迷いを察したのか、天使はコロリと笑顔に戻って「それより」と言葉をつなげた。

「東雲は偉いよな。ヒトを救う医者を目指しているんだから」

「ボクは、父親の跡を継ごうと思っただけですよ」

「親父さんが医者なのか！　さぞ喜ばれているだろう？」

「そう、ですね」

褒められても、複雑な気分になってしまう。

(ボク、姉さんと二人でクリニックを継げたらいいなって思ってただけだし。ニンゲンを救いたいなんて、ほとんど思ったことないし)

売店の列に並ぶニンゲンたちを見つめ、東雲はモヤモヤとする胸に手をやった。

父親のように、ニンゲンの血液を求めて医者を目指したわけではない。それに、今でも天使以外のニンゲンは好きではなかった。ニンゲンは不合理な同調を好み、差異を認めない排他的な生き物だ。アヤカシを迫害してきた歴史を鑑《かんが》みると、命を救う価値があるのだろうかという疑問を抱いてしまう。あぁ、モヤモヤする。

「東雲は、親父さんの跡を継ぐのが嫌か？」

まさか、東雲がニンゲン嫌いのアヤカシだとは思いもよらないだろう。天使は東雲の歯切れの悪い言葉を聞いて、こちらを覗き込むように尋ねてきた。わ、顔が近くていい感じ……と、東雲が思ったことは秘密である。

「嫌でもないですし、嬉しくもないですかね」

「そうか……。俺は、親父の仕事を継ぎたいと憧れた時期があったんだが、才能が無いことを早々に知らされて諦めた。だから、可能性がある東雲が羨ましい」

「ボクには父の仕事に憧れなんて……。天使さんが継ぎたかった仕事って、何だったんですか？」

芸能系とか伝統工芸系とか？

いくつか職業を思い浮かべていた東雲に、天使はさらりするりと流れるように言い放つ。

「武闘派の国家公務員」

何ですかそれと聞き返す暇もなく、タイミング悪く売店の順番が回ってきてしまった。天使が「俺はコーラにするけど、観月と東雲は何にする？」と、東雲を見つめている。

「メロンソーダで。二人とも同じで」

「夏の炭酸ジュースって、格別だよな」

東雲に笑いかける天使は、ジュース代をまとめて支払いながら頷いていた。そして、話題が少しだけ前に戻され――。

「父親が医者で、自分が医大にいるからといって、医者にならなければいけないわけじゃない。よく考えて、やりたいことを探したらいい。人生は長い」

天使の三白眼が優しく細まり、東雲に温かい眼差しを注ぐ。

確かに、アヤカシのボクの人生は何百年単位で長いんだけど……と、笑いそうになってしまう一方で、東雲は心にスッと一筋の風が通ったかのような感覚を覚えていた。

医大を目指し始めた頃から、自分のゴールは医者一択だと思っていたし、そもそも父や姉の真似しかしてこなかった東雲だ。

(ボクのやりたいことって何だろう？　姉さんのそばにいたいこと以外、思い当たらないんだけど)

新鮮な思考に戸惑いを隠せない東雲を察してか、天使は「焦るなよ」と柔らかい言葉を紡ぐ。そして、しゅわしゅわと炭酸の弾けるコーラを片手に力強く頷いてみせる。

「俺は東雲の夢なら、どんな夢でも応援するぞ！」

ググッ！

やっば。ボク、グッときすぎて浄化されそう……と、天使の応援力にメロンソーダを受け取った手が震えてしまう。浄化されるのって、どんな感じなんだろう。メロンソーダみたいにしゅわしゅわした感じなのかなと、思わずにはいられない東雲である。

そして、売店を離れる時。

天使はふと思い出したかのように東雲に尋ねた。

「なあ、東雲。観月って、寝ぼけたらヒトを噛《か》む癖とかってあるか？」

突然何だろうと東雲は首を傾げながら、姉が寝ている様子を思い浮かべる。確かに観月は寝相が良い方ではないが、特に噛み癖はなかったはずだ。幼い頃、歯ブラシはよく噛んでいたが。

「……寝てる間に爪で枕を切り裂いてることは、たまに」

「なんだそれ。怖いな」

天使は、「切り裂かれるよりはマシか」と唸っていたのだが、その理由は東雲には分からなかったのだった。

🎀 🎀 🎀

さぁ！　いよいよ始まりました。皆さまお待ちかね、食卓戦隊ヤクミジャーのヒーローショー！　ときめき沼を飛び越えて、始まっちゃったよメインイベ！

観月の心の前口上が炸裂《さくれつ》するなか、マジパーの屋外ステージは「わあっ！」という歓声で沸いていた。主に、子どもたちの。

ジュースのカップを片手に最後列の座席からステージを見守る観月たち。さすがに最前列に座る勇気はなく、遠くから、ありがた〜く静かにステージを見守っていた。

けれど、時折隣から天使の感嘆《かんたん》の声が聞こえてくるので、観月は微笑《ほほえ》ましくてたまらない。

ヤクミジャー俳優たちがステージに勢ぞろいすると。

「おおお！　本物だ！」

戦士たちが変身をしては。

「圧巻だ……！」

ニンニクホワイトが必殺技「ガーリックメテオキック」を放てば。

「生メテオキック……！」

いい歳をした成人男性であるため、彼が叫びたい衝動を必死に抑えているのがよく分かる。半端ないウズウズを醸《かも》しているからだ。

（ふふふ。ホントに好きなんだなぁ。シェフ、可愛い）

観月はヒーローショーを観るふりをしつつ、日傘の陰から天使の顔をガン見していた。こんなに子どもっぽくて可愛い天使を見ることができたのだ。夏の日差しに耐えて遊園地にやって来た甲斐がある。思わず、仏の笑みを浮かべてしまう。ヴァンパイアだが。

ふと天使の向こうに視線をやると、東雲も観月とそっくりな仏フェイスで天使を見つめているではないか。うぅむ。血は争えないというヤツか。

そして当の天使といえば、両サイドから双子姉弟に観察されていることにも気がつかず、ヒーローショーに夢中だった。彼の視線はステージに釘付けだ。

「ヤクミジャー、覚悟しなさい！　カロリー帝国が姫、ヴァンピーが相手をして差し上げます！」

気高い口調の女の子の声が、ステージの右スピーカーから響き渡った。自然とステージの右端に天使を含めた全観客たちの視線が集まり、ヴァンピー姫の登場に期待が集まるのだが――。

姿を見せないヴァンピー姫の「ひゃっ」という謎の悲鳴と共に、数秒間の間が空いた。みんなが「どうしたのかな」とざわつき出すと、ステージの袖から三体の妖魔が現れたではないか。

「ヴァンピー姫の親衛隊が先に出て来たのか？」

天使の呟きを聞きながら、観月はえらくリアルなキャストだなと目を凝らす。あの首はどうやって伸びているんだろうという、ろくろ首。つるつる顔ののっぺらぼう。そして、向こう側が透けて見えるがしゃ髑髏《どくろ》――。特撮の妖魔なんて、せいぜい着ぐるみや特殊メイクレベルのものだと思っていたのだが、なかなか異次元な再現度だ。

（すっご！　本物のアヤカシみたい。妖力の匂いまでするし……）

観月が感心しながら鼻をくんくんさせていると、ステージの様子がどこかおかしい。そして「あ！」と思った瞬間には、ろくろ首にトウガラシレッドとニンニクホワイトが頭突きでぶっ飛ばされ、のっぺらぼうにアオジソブルーとショウガイエローがタックルされ、がしゃ髑髏にネギグリーンとミョウガピンクが足払いで転ばされていた。戦隊、いきなり大ピンチである。

そしてそして、さらに度肝を抜かれる出来事が起こる。

「聖人の魂、見つけたわよーっ！」

背後からジャジャジャジャジャッという謎の雑音が聞こえたかと思うと、竹製のザルに大量の小豆《あずき》を入れた状態で走り来るご婦人が眼前に迫っていた。アロハなワンピースを着ているから、ハワイの海の音を再現したいのかもしれない――という、観月の一瞬の想像はさて置いて。

「ターゲット捕獲！」

「え？」

小豆ザルを抱えたご婦人が、天使の手を強引に掴んで走り出したのである。天使は戸惑ってはいるものの、進行方向がステージであると分かると、「観客を巻き込むスタイルのショーか！」と抵抗せずに連れられて行ってしまう。

「え？　シェフ、カロリー帝国に人質に取られた？」

「え！　ヒーローショーの演出？」

座席に残された観月と東雲はバッと顔を見合わせると、全力で首を横に振った。

そして、ハモる。

「あれ、マジもんのアヤカシじゃん！」

ショーのキャストでも演出でもない。アロハ小豆洗いだけでなく、ろくろ首も、のっぺらぼうも、がしゃ髑髏もそうだ。本物のアヤカシたちがショーに乱入し、観客である天使を白昼堂々さらっていたのだ。

「シェフ！　逃げて！」

観月が声の限り叫ぶが、ヒーローショーの音楽や、観覧する子どもたちの声によってかき消されてしまう。

「姉さん、どうしよう！　あいつら、束になって天使さんを……！」

東雲が取り乱すのも無理はない。

すでに天使はステージ上へと引き上げられ、例のアヤカシたちに取り囲まれていた。あたかもヒーローショーの演出かのように、地に伏すヤクミジャーを前にニンゲンを人質に取ったアヤカシたちが高笑いをしている。「はーはっはっは！　ヤクミジャー、手も足も出まい！」と。

（あいつらヤクミジャーのファンなの？　楽しそうだな、おい）

ハイテンションでザルを揺らす小豆洗い。喜びながら首をヘドバンするろくろ首。笑顔なのか分からないのっぺらぼう。同様に感情が分からないがしゃ髑髏――。このアヤカシカルテット、良い魂の強奪ついでにヒーローショーに出演してしまうなんて、とんでもなく図々しい連中だ。

観月はステージの上でわくわくを抑えきれない様子の天使を見つめ、そしてヒーローショーを観に来ているすべての観客たちを見渡した。

天使も観客たちも、ヤクミジャーのヒーローショーを心から楽しみにして来たのだ。推《お》しヒーロー、推し必殺技、推し妖魔。大好きなものが目の前にあるのに、それを誰かにぶち壊されていいもんか。みんなの夢が、何より天使の笑顔が奪われていいもんか！

「シェフの夢と笑顔は、私が守る！」

観月は「東雲、行くよ！」と短く叫ぶと、ステージの袖に向かって走り出した。

〝封印の耳飾り〟はもちろん外し、戦闘準備は万全。だが、いきなりステージに殴り込んでは、ヒーローショーをぶち壊そうとしているアヤカシカルテットと同じになってしまう。

（できるだけ自然にシェフを助ける方法は……）

観月はヒーローショーの関係者用出入口のドアを魔力（物理）で無理矢理開き、ステージ袖に突撃した。

やはり。

そこにはスタッフや出番を待っていたキャストたちが、意識を失ってバタバタと床に倒れているではないか。音響さんや照明さん、ナレーターさん。カロリー帝国の姫親衛隊の妖魔たち。気の毒に、みんなアヤカシカルテットに襲われてしまったらしい。

「死んではいないね。眠りの妖術かな」

東雲がニンゲンたちの生存を確認するなか、観月は一人のキャストの姿を捜していた。

そして、すぐに見つけた。観月のお目当てキャスト。悲鳴をあげて姿を見せなかったカロリー帝国の美姫《びき》。金髪に黒いドレス、目元を隠す深紅のドミノマスクを付けたヴァンパイアのプリンセス——ヴァンピー姫だ。

「ヴァンピー姫。ちょっとだけ借りるね」

観月は倒れているヴァンピー姫に近づくと、しゃがみ込んで彼女の顔に手をそっと伸ばした。

大丈夫。昨日、半日かけて食卓戦隊ヤクミジャー放送済み三十話を見たじゃない。そう自分に言い聞かせながら。

「え！　姉さん、何を」

すくっと立ち上がった観月を見て、東雲が戸惑った声をあげる。

金髪に黒いワンピース、深紅のドミノマスクを付けたヴァンパイアの姉——。

「姉さん、じゃないわよ！　わたくしのことはヴァンピー姫とお呼び！」

作中のヴァンピー姫さながらに、観月は高飛車満点に言い放つ。

僭越《せんえつ》ながら、わたくし鬼月観月。ヴァンパイアプリンセスを演じさせていただきます！


混乱のステージで、アヤカシカルテットが立ち上がることができないヤクミジャーたちを罵倒している。

「こんな雑魚《ざこ》とはがっかりよ、ヤクミジャー！」

「〝素顔の戦士〟で戦え、ヤクミジャー！」

「マジパーで僕と握手しろ、ヤクミジャー！」

「ＡＢＸＹＬＲZL ZR～～！」

やっぱファンだろ、カルテット。がしゃ髑髏だけよく分からないけど。

子どもたちが「ヤクミジャーがんばれぇぇっ」と力いっぱいエールを送り、囚われの天使が「気合いだ、ヤクミジャー！」と気合論を叫ぶ。けれど、食卓戦隊はアヤカシカルテットに歯が立たない。そりゃあ、ただのニンゲンなのだから当然だ。

「あらあらあら。何が起きているかと思えば」

騒然とした舞台にピンマイクで拾われた観月の声が響き渡り、一同がシンと静まり返った。ちょっと声が大きすぎただろうか。加減が難しい。観月はコツンコツンとピンヒールを鳴らしながら、悠然とステージの中央へと進む。

緊張？　そんなものステージ裏に置いてきた。今あるのは、天使を助けたい気持ちとアヤカシカルテットをぶっ飛ばしたい荒ぶる闘魂。そしてヴァンピー姫の気高いスピリッツだ。

「どうやら、わたくしの留守中に勝手をしている部下がいるようね？　弁明してごらんなさい。二十字以内で」

〈戦場に現れたカロリー帝国のヴァンピー姫。どうやらヤクミジャーたちを襲った妖魔たちは、彼女の指示を無視して出陣していたらしい！　そして、出ました。姫の大好きな二十字以内語り！〉

（グッジョブ東雲！）

スピーカーから流れ出るナレーションは、頼りになる弟東雲の声に他ならない。東雲のナレーションに助けられ、観月は堂々とした態度を貫く。

そして、ドミノマスクの下からアヤカシカルテットをガチで睨《にら》みつけたのは、「私もアヤカシだから、手加減はしないぞ」という宣戦布告である。

「吸血鬼の居ぬ間に抜け駆けして、何が悪い！」

動揺しているにも関わらず、二十字ジャスト。このアロハ小豆洗い、やりおる。

残りの三アヤカシも「謀反《むほん》だ」、「下剋上《げこくじょう》だ」、「○△□×Ⓡ1Ⓡ2Ⓛ1Ⓛ2〜」と、二十字以内。しかもカロリー帝国所属の設定を守っているという。分かった。

やっぱり彼らはヤクミジャーファンで確定だ。

「おおお！　生ヴァンピー姫だ！」

交戦態勢のアヤカシカルテットをよそに、囚われの天使はヴァンピー姫の登場に大興奮していた。天使だけではない。会場の子どもたちや親たちまで「ヴァンピー姫！」と黄色い歓声をあげているではないか。

どうやら、ヴァンピー姫は敵キャラクターであるにも関わらず、相当な人気があるらしい。可愛いからか？　可愛いからなのかっ？　それはさて置き、この状況は有難いぞと、観月は声援を追い風に駆け出した。

「わたくし、卑怯《ひきょう》な真似は好きませんのよ！」

〈ヴァンピー姫、人質を取った卑怯な部下を成敗せんと飛び出した！　速い！　速いぞ！　まるで神風だ！〉

ナレーション、スポーツ実況かな？

笑ってしまいそうになるのを堪え、観月は腕を大きく振り上げる。

ベシコォォォンッ！

魔力（物理）その二。ニンゲンたちには見えない速度で黒いステッキを振り抜き、一番近くにいたろくろ首を空の彼方《かなた》に吹き飛ばす。これはヴァンピーステッキというヴァンピー姫専用の杖《つえ》であり、本来ならば人体の血糖値や体脂肪率を上昇させたり、血液をどろどろにさせたりする不健康魔法なるビームを放つマジカルな武器である。一応、ヴァンパイアの魔力は込めているので許してほしい。

そして観月はコンマ一秒で仲間を失ったアヤカシカルテット（残りはトリオ）の隙を突き、「ニンゲンのシェフ、こっちへ来なさい！」と、天使の腕を掴んで自分のそばに引き寄せた。この愛しい筋肉質の腕、離してなるものか。

〈ヴァンピー姫、ニンゲンの人質を救出したぞ！　強い！　そして、残った三人の妖魔は驚きのあまり声も出ない！〉

アヤカシトリオは声を出して騒いでいるが、ナレーションの東雲は事実をかき消すスタイルらしい。

「ありがとう」

ピンマイクを付けていない天使のお礼は、観月にしか聞こえない。

正体がバレていないことにほっとしながら、観月は「当然のことをしたまでですぅ」と大きく頷いてみせた。

ところが、天使は観月のその言葉を聞いて心配の色を滲《にじ》ませた。

「ヴァンピー姫、ニンゲンを助けて大丈夫なのか？　妖魔皇帝に叱《しか》られないか？」

しまった……！　と、観月は動揺を隠せない。

天使がこちらを心配していた理由は、観月の発言がヴァンピー姫の設定からずれていたためだ。彼女の正規の設定は、父親にニンゲンを悪だと教え込まれたニンゲン嫌い。そう簡単にニンゲンを助けるわけがないのだ。

「えー……、その……。わたくし、父の教えを遵守《じゅんしゅ》する歳でもないのですわ」

ヴァンピー姫、遅めの反抗期かよ。と、観月は胸の中でつっこまずにはいられない。上手いアドリブが出て来なくて困る。

「自分で見て、聞いて、感じたことを信じなければいけませんもの。必ずしも全てのニンゲンが悪だとは限らない……。妖魔と仲良くできるニンゲンもいるのではないかと、思ったりなんかしちゃったりして……」

「えっと、妖魔とニンゲンが仲良くできると思うってことだよな？」

自身の過去と重ねて話してしまった観月の言葉を解読した天使は、少し嬉しそうだった。公式には怒られそうだが、なんとか誤魔化せたようである。

「わたくし、良いニンゲンがいることを理解していますから」

「俺のことを助けてくれたもんな。ヴァンピー姫は強くて優しいな」

よせやい。照れるだろうが。

観月はヴァンピー姫のキャラに沿って、ツンとそっぽを向いた。けれど本当は、「それほどでもある」くらいは言いたい成果ではある。

（大丈夫。あなたは、私が何度だって助けますから）

その時だった。

天使の良い香りと癒しの顔を見て、ほんの一瞬だが気が緩んでしまったのかもしれない。

〈姉さん、上！〉

スピーカーからの東雲の声にハッとした時には、観月の頭上に何かがいた。慌てて天を見上げるも、とびきり眩しい太陽のせいでまともに目を開けることができず、しかもクラリとめまいまで起こってしまう。

「私には姫が見えてますよ！」

「あ……、やば」

灼熱《しゃくねつ》の夏の日差しと共にアロハ小豆洗いが勢いよく飛びかかってきて、観月の上半身にドロップキックを食らわせてきたのだ。かろうじて両腕でガードをしたものの、床に倒れてしまった観月は身体が重たくて動くことができない。

「く……。この程度……」

ザザー……。ザザザー……。

緩やかな波を思わせる優しい音がステージに響く。

まるで、ハワイの美しい浜辺の夕暮れ。夕陽を溶かしたかのようなオレンジ色の海が煌《きら》めきを放ち、波が穏やかに寄せては返す――という癒しの景色が瞼《まぶた》の裏に映し出される。

（って、なんで瞼閉じちゃってるの！）

観月がハッと目を開けると、ステージのど真ん中でアロハ小豆洗いが竹ザルに入った小豆をザザーッと揺らしているではないか。しかも、仲間ののっぺらぼうが竹ザルにマイクを近づけているので、スピーカーから疑似《ぎじ》〝波の音〟が響き渡っている。

〈これは、睡眠の音波が込められた妖術！　ヴァンピー姫、よいこのみんな、聞いちゃ駄目だ！〉

東雲の忠告を聞き、「もう聞いちゃったじゃん！」と観月は唇を噛む。この身体の重たさは、強烈な睡魔によるものだったのだ。ヴァンパイアの観月は耳がいいので、ダメージは誰よりも大きいらしい。

「う……、ねむ……」

「△▽▷▽――っ！」

何を言っているのか分からないが、隙ありと見たがしゃ髑髏が観月に襲いかかろうと走って来る。あばら骨を一本引き抜き、剣のようにして振り上げている姿が目に入り、観月は拳でカウンターを繰り出そうとするも――。

『観月。ハワイのハネムーンは最高だな』

一瞬、天使との甘々ハネムーンＩＮハワイの夢を見てしまい、ガクンと全身の力が抜けてしまった。

（じゅるる……。夕陽に照らされるシェフのシックスパック触り放題……じゃない！）

〈危ないよ！　起きて！〉

欲望全開の夢に片足を突っ込んでいる場合ではない。ヤバいと気がついても身体は自由に動かない上に、目前に迫るあばら骨は消えてはくれず。骨での骨折を覚悟した観月は、ひゅっと冷たい息を呑《の》み込んだ。

ところが。

ガゴォォォンという鈍い音がしたかと思うと、あばら骨を振りかぶっていたはずのがしゃ髑髏がよろけて尻もちをついているではないか。もちろん、尻に肉はないのだが。

「大丈夫か。ヴァンピー姫！」

観月を庇《かば》うように立っていた天使が、心配そうにくるりと振り返る。彼の手には白色の巨大な盾が構えられており、どうやらそれによってあばら骨の攻撃を防いでくれたようだった。

「うそ……。助けてくれたの？」

「あぁ！　寝ているニンニクホワイトから、ヤクミシールドを貸してもらった」

勇ましく頷く天使を見て、自らが無傷であることに驚く観月。そして何より、自分が天使に助けてもらったことに驚いていた。アヤカシに狙われているニンゲンのシェフに、ヴァンパイアの私が……と。

「どうして？」

「ん？　たとえヒーローショーでも、女の子が襲われているのを放っておくことなんてできない。ヤクミジャーなら、ニンゲンも妖魔も関係なく助けるはずだから」

（シェフ……）

天使に手を差し伸べられ、観月はその大きな手を握って立ち上がる。

（あったかい。私は、この手が大好きだ）

彼の優しさが観月の胸に流れ込み、思わず大粒の涙がポロリと零《こぼ》れ落ちてしまう。

「なに泣いてるんだ、私」と観月は慌てて目元を拭《ぬぐ》おうとするが、正体を隠すドミノマスクが邪魔となり、やむを得ず天使に背中を向けた。気高いヴァンパイー姫が泣いているところなど、見られていいわけがない。

「モブが出しゃばって、ごめんな。ヴァンピー姫が俺の知ってる子に似てるから、余計に守らなきゃと思って」

「ぐすっ……。誰ですか、その子……」

「同じ店で働いてる、頑張りすぎてしまう女の子だ」

（それって、私のことじゃん……）

背中を向けているので、天使が今どのような顔をしているのかは分からない。けれど、彼の言葉を聞いて、「あぁ、そうか」と観月の胸に涙の理由がストンと落ちてきた。

観月は、大好きで大切な天使のことを守りたかった。守らなければいけないと、ずっと思っていた。その魂のためにアヤカシたちから狙われる彼を守り助けることが、彼を愛する自分の使命だと思っていたのだ。

（だけど、違ってた。シェフは、守らなくちゃいけないか弱いヒロインなんかじゃない。シェフは強くてかっこいい。誰かを助けることができるヒトだ）

それを今更になって知るなんて。

「私、あなたに守ってもらっていいのかな。助けてもらってもいいのかな……」

「あぁ。一人で戦う必要なんかないぞ。ニンゲンだって、大切なもののためなら強くなれるんだ」

観月のなかで張り詰めていた糸が消えていく。

天使のことを知れば知るほど好きになり、〝好き〟がどんどん積み重なっていく。

この抑え難《がた》く溢れ出しそうな感情は、大好きな天使のために——。

「ありがとう。ニンゲンのシェフ！」

涙が止まった観月は、再び天使に向き直るとキリリとした声で叫ぶ。

「さぁ！　不届きな部下たちを成敗します。このニンゲン——ニンニクブラックと共に！」

「ニンニクブラック？」

驚いた声をあげたのは、指を差された天使だけではない。会場の子どもたち、保護者たち、そしてアヤカシトリオも同様だ。しかし、観月の意図を汲《く》んでくれたナレーションの東雲だけは、さすがの反応速度である。

〈なんと、人質にされていた男性がニンニクブラックに覚醒したぁぁっ！　だが、おかしなことではないぞ。ヤクミジャーには誰でもなれる！　男の子も女の子も、

ニンゲンも妖魔も、大人だって……。正義の心があれば、誰だってなれるんだ！〉

「いいな。なりたい」

そう呟いたのは他でもないアロハ小豆洗いだったのだが、彼女の願望は華麗にスルーである。だって、今は悪役だもの。

「そうか、俺はニンニクブラックに……。なんて光栄なんだ！」

「良かったわね、ニンニクブラック。そんなあなたには、わたくしの背中を守る任務を与えます」

観月は観客たちの方を向き、煽《あお》るようにヴァンピーステッキを大きく振った。

「ヤクミジャー候補生たちよ！　わたくしにヒーローパワーを送りなさい！」

これは、伏見から聞いていた劇場仕様の再現である。ピンチに陥《おちい》ったヒーローのために、劇場にいる子どもたちが入場特典の玩具《おもちゃ》を振りながらエールを送るというアレだ。

〈さぁ、みんな！　ヴァンピー姫にヒーローパワーを送るんだ！〉

「ヴァンピー姫、かんばれぇ！」

「負けるなーっ！」

「勝って、姫様！」

観月にとって、応援は何よりのエネルギーだった。日差しで弱っていた身体も、疲れていた心も、愛と勇気で元気満点フルパワー。もう、勝ち筋しか見えない。

一方、子どもたちの声援にアヤカシトリオがオロオロと後ずさる。会場の一体感に押され、アロハ小豆洗いの小豆を研《と》ぐ手も止まっている。

「今だ！　ヴァンピー姫！」

愛しの天使の声に弾かれるようにして、観月はステージの床を蹴《け》り上げた。神風を纏い、稲妻の如《ごと》きスピードでアヤカシトリオに近づき、ヴァンピーステッキを大きく振りかぶる。唱えるのは、不健康魔法の必殺呪文——。

「ハイカロリー・メタボリック・マジカルサンダー！」

四番バッターさながらにステッキを振り抜き、アロハ小豆洗い、のっぺらぼう、がしゃ髑髏の三アヤカシをまとめて強引に打ち飛ばす。魔法（物理）その三の発動である。

「場外、いっけぇぇぇえっ！」

夏の青空にキランと三つの星が瞬き、観月の雄叫《おたけ》びを追いかけるように、「腹八分目ぇ〜」というアヤカシトリオの負け台詞がかすかに響く。カロリー帝国の妖魔が撃退される際の台詞である。やっぱりファンじゃん。

そして悪党を空の彼方にぶっ飛ばしたおかげで、会場の盛り上がりは最高潮に達していた。鳴りやまぬ「ヴァンピー姫」コール。そして「ニンニクブラック」コール。

（ふぅ。なんとか丸く収まったかな）

子どもたちに手を振りながら、観月はホッと胸を撫で下ろしていた。天使を取り返すこともできたし、悪を成敗することもできたし万々歳だ。ヤクミジャーやスタッフたちが目覚める前に、とっとと立ち去ろう——そう思った時。

「待って」

そばにいた天使に腕を掴まれ、観月はギョッとして振り返った。まさか、正体がバレたのか。超人パワーで戦っていたのが自分だとバレたら、人外の疑いは免れないのでは……。

「な、何かしら。ニンゲンのシェフ」

観月がハラハラしながら答えると、天使は天使らしいおおらかな笑みを浮かべていた。

「ヴァンピー姫。助けてくれて、本当にありがとう」

ただのお礼であることに観月は一安心し、やっぱり、愛しのシェフはにぶ可愛いなと心の中でクスリと笑った。しかも礼儀正しいし。

「わたくしの方こそ、助けていただいてありがとうございます。あなたの勇気と優しさのおかげで、わたくしは天上天下唯我独尊挙世無双の天下無敵です！」

観月は天使の手からするりと抜け出すと、「また会いましょう。ニンゲンのシェフ」と言って、ダッシュでステージ裏に駆け込んだ。

そのため、「なんで俺がシェフだって知ってたんだろう」という天使の小さな呟きなど、まったく聞こえていないのだった。

🎀 🎀 🎀

波乱のヒーローショーを終え、観月たち三人はマジパーの芝生広場でお弁当を広げていた。天使特製の行楽弁当である。

「ヒーローショーの後のお弁当、美味しすぎる～」

体力と魔力がゴリゴリに削られていた観月は、近年まれにみる大暴食である。左手にニンニク味噌の焼きおにぎり、右手の割り箸は止まることなく弁当箱と口の間を往復している。

唐辛子入りのレンコンのきんぴらはピリリと癖になる味。ささみフライはシソと梅の相性が抜群。ジューシーな豚の生姜《しょうが》焼きは生姜の風味が最高。たっぷりのネギが入った出汁《だし》巻き玉子は何個でも食べられそうなくらいふわふわ。ミョウガのピクルスはさっぱりとしていて良い箸休めだ。

語るまでもない。天使は、ヤクミジャー弁当を張り切って作ってきてくれたのだ。まったく、このシェフはやることも可愛いすぎて困る。

「姉さん、よく噛んで食べなよ。喉に詰まっちゃうよ」

「だって美味しいんだもん」

東雲がやれやれと肩をすくめながら、全員分の麦茶を紙コップに注いでいる。それを見て、気配り力で後《おく》れを取ったと焦った観月だったが、東雲は「今日はボクの完敗だよ」と白旗を振る真似をした。

「なんで？　東雲も頑張ったじゃん」

「天使さんは、ヴァンピー姫のファンになったみたいだから」

東雲はきょとんとしていた観月を見つめ、それから天使に視線をやった。

天使はご機嫌におにぎりを頬張っており、胡坐《あぐら》をかく彼のそばにはニンニクホワイトとヴァンピー姫のヒーローカードが置かれていた。推しが増えている。

「面白いヒーローショーだったな。まさか、ヴァンピー姫が主役のショーだとは思わなかった」

「で、ですよね〜……。シェフもヤクミジャーデビューしちゃうし、びっくり展開でしたね〜……」

あまり深掘りしないでくれと願う観月。

天使は一人でヒーローショーを振り返っているのか、それともあまりはしゃぐと恥ずかしいと思ったのかは分からないが、多くは語らずに嬉しそうにしている。

（うんうん、それでいいよ。ニンニクブラック）

けれど、ぽつりとひと言。

「ヴァンピー姫が、『自分で見て、聞いて、感じたことを信じなければいけません』って言ってたんだ。彼女が妖魔とニンゲンの融和《ゆうわ》の可能性を考えていたことには驚いたが……。いいよな、自分の価値観を見つけていく感じ。そうしたいなって、俺も思ったんだ」

「わ、私も――」

私もそう思いますと言いたかった観月だったが、かぶりついたばかりのおにぎりのせいで、「わたしもごもご」とまともに喋ることができなかった。

「飲み込んでからにしろ、観月。……まったく。うちのお姫様は世話が焼けるな」

天使の右手の人差し指が、リスの頬袋のように膨らんだ観月の頬をツンツンとつついた。

「むぐぐぐぐっ！」

慣れない刺激に思わずおにぎりが喉に詰まりかけ、ついでに頭はボンッである。

おそらく、彼は興味本位で観月の頬に触れただけだろう。なぜなら、観月の頬は面白いくらいにパンパンに膨らんでいるから。だがしかし、突然のツンツンは乙女にとっては非常に心臓に悪い。ときめき沼にドボンである。

（あぁ、もう！　私のヒーローが無自覚エンジェルで困るんですが！）

🎀　🎀　🎀

ガランとした【ガーリックキッチン彩花】にオーナーの白沢凌悟の苛立《いらだ》たしげな声が響いていた。

「有休消化しろ？　僕にオフの日なんてないよ」

定休日の店内には、白沢ただ一人。白沢はカウンター席を広々と使いながら、スマートフォンを耳に当てていた。〝本業〟の電話である。

「僕が成果を出さないと、保守派が付け上がってくるから無理」

白沢が通話相手に猛抗議するも、「先輩が休まないと、部下が休み取りにくいんすよ」と軽い口調で正論を返されてしまう。

本当は分かっているのだ。かれこれ六年近く休んでいないのだから、さすがの白沢の頭にも「ワーカホリック」という単語が刻まれて久しい。

けれど、だからといって休みを取ってまでしたいことなどないのだ。以前は良い魂を探すためにニンゲンが多く集まる場所——観光地や大学などに繰り出していたのだが、天使を見つけた今、積極的に他を漁《あさ》る必要はないのだから。

「たまには、誰かとデートでもしたらどうっすか？　紹介しますよ」

電話の向こうから聞こえる言葉に白沢は全力の舌打ちを見舞う。

「五月蠅《うるさ》い。僕の頭はお花畑の恋愛脳じゃないんだ」

勢いよく通話を切ると、ムカムカしながらスマートフォンをカウンターテーブルに伏せ置いた。

ヴヴヴ……と、何度かスマートフォンが震える。電話ではなく、メールである。

先ほどの部下からではなく、「お花畑の恋愛脳」なヴァンパイア娘からの写真だろう。彼女は今朝から「マジパーデートです！」、「ヤクミジャーグッズです」などと楽しげなコメントを添えて、定期的に写真を送りつけてきているのだ。

「…………」

もう見ないつもりだったが、やはり写真が気になってしまった白沢はついスマートフォンに触れてしまう。そこには、鬼月観月と天使聖司がおにぎりを食べている写真があった。「ラブラブです」と。

（嘘つけ。ふざけるな）

白沢を恋のライバル扱いしてくる観月のことだ。大マウントを取っているつもりなのだろうが、嘘が下手すぎる。ギャグにしてもナンセンスだ。あぁ、苛つく。

胸の内で曖昧《あいまい》な感情がくすぶり、楽しそうな観月が気に食わない。アヤカシの彼女がニンゲンの天使と仲良くすることは、白沢にとって積年の努力が実り得る可能性を秘めた希望の光とも言えるのに——。

(下手をして、二人の関係を壊してしまったら困るだろ)

無性にアフォガードが食べたくなってしまった白沢は、重い腰を上げてキッチンへと入っていく。店のメニューとは関係なく、冷凍庫には白沢が大量に作り溜めしているバニラアイス、貯蔵庫には高級エスプレッソコーヒー豆が保管されている——はずだった。

だが、冷凍庫にはバニラアイスの影も形もない。唖然《あぜん》とした白沢は数秒間かけて、昨夜自分が夜食にそれを食べてしまったことを思い出した。「僕としたことが」と舌打ちをせずにはいられない。

(甘いのが食べたいのに)

諦めるしかないのかと唸っていると、ふと、冷凍庫の隅に安物のカップアイスを発見した。天使がコンビニで買ってきたものに違いない。

ヒトのものを盗ってはいけない。そんなことは、子どもでも知っている。

白沢は誠実で純粋な天使のことを思い浮かべ、しばし葛藤するも、手がカップアイスに伸びてしまう。

（ごめん、聖司。でも、僕は……）

「有休を取るから許してほしい。疲れた時には甘いモノが必要なんだ」

第八章　ほろ苦アフォガードの誘惑

九月に入ったというのに、なかなか終わる気配を見せない残暑はヴァンパイアの観月の体力と精神力をゴリゴリと削っていた。いったいいつまでこの殺人的な日差しに怯えなければならないのか。

そして、シンプルに暑い。観月はよく黒い服を着ているので、服が容赦なく日光を吸収し、体温の逃げ場がない。

「じゃあ、別のにしたらいいじゃないか。バカなの？」と、白沢は余計な一言を添えてくるのだが、ファッションにこだわる観月としては簡単に頷くことはできない。

「私はこれが好きなんです！　素材を工夫してるんで、平気なんですぅ！　そういう白沢さんこそ、スーツばっかり暑くないんですか？」

「上等なものは、快適に作られているんだ。まぁ、君の給料じゃあ、何年経っても買えないだろうけど」

「じゃあ、お給料上げてくださいよ」

お客がいない時の【ガーリックキッチン彩花】は、いつもこんな具合である。主に観月と白沢が罵《のの》り合ったり言い争ったりし、その間天使はキッチンで黙々と作業する。

観月と白沢が黙っているとしたら、それは賄《まかな》いの時間だ。天使の作る賄いを食べることは観月にとって至福の時であり、頭の中は料理のことでいっぱいになる。白沢といえば食事の席では上品にする主義なのか、その時だけは静かになる。

その日も服の話で意見を衝突させていた観月と白沢だったが、賄いの時間には大人しくなっていた。

「今日の賄いは、蒸し手羽だ！　ニンニクが効いたタレが自信作だぞ！」

「きゃーっ！　美味しそう！　てーばっ！　てーばっ！」

「手羽先って、手が汚れるから嫌なんだよね」

ドヤ顔の天使。はしゃぐ観月。文句を言いつつも、一番に手羽に手を伸ばす白沢。まるで、母親と子どもたちの食事風景のようである。

「さぁ、たくさん食べてくれ！　ご飯と味噌汁のおかわりもあるぞ！」

「わーい！　賄いなのに、そんなに食べちゃっていいんですか？」

それは、観月がアルバイトを始めた当初からずっと感じていたことだった。天使の作る賄いは、お客に出している品と遜色《そんしょく》ない食材を使い、手間をかけ、そして味も絶品。量も多すぎるくらいなのだ。正直、ここに手間とお金をかけすぎではないかと経営が心配になる。

「まぁ、俺のわがままだ。飯をちゃんと食わないと、心がすさむだろ？　俺は仲間を元気にしたいからな。だから、たっぷりの旨い賄いを作ることを心がけているんだ」

「シェフの鑑《かがみ》……！」

「ははは。ただの反省だ」

(反省？)

一瞬、天使の目の奥が暗くなったような気がして、観月は「どういうことですか？」と尋ねようとした。だが、それよりも先に天使の口から衝撃発言が飛び出した。

「そういえば、来週から一週間青森《あおもり》に行くんだが、東雲を連れて行くことにした」

「なっ、なんですかソレ！　初耳なんですけど！」

(旅行？　もう二人で旅行に行く仲になっちゃったのっ？)

観月が悔しさのあまり「あの泥棒インキュバスめっ！」とナフキンを噛んでいると、天使は「遊びに行くんじゃないぞ」と改まって説明を始めた。

天使いわく、目的は青森の契約農家さんのお手伝い。青森は涼しくなってきているので、そろそろニンニクの植え付けの時期なのだそうだ。

「本当は収穫の手伝いに行きたかったんだが、店がオープンして間もなかったからな。だから、今年は植え付けを手伝わせてもらうんだ」

「で、でも、なんで東雲なんですか？　お手伝いなら、私が！」

「すまんな。男手が欲しいと農家さんが言っていたんだ」

天使に断られてしまい、観月は「そんなぁ……」と残念さ全開にしょんぼりとした。力仕事ならば、インキュバスの東雲よりもヴァンパイアの観月の方が得意だというのに、正体を隠しているばかりに選んでもらえなかったのだ。

(ずるい！　東雲、ずるい！)

東雲は天使と二人で新幹線に乗り、農作業をし、農家さんの家で寝食を共にするのだろう。もしかして、「天使さん。ボク、寒くって」、「なら、俺の布団に来るか？」などという事案に発展してしまうかもしれない。そうなると、インキュバス東雲の独壇場《どくだんじょう》。もう二度と、天使はこちら側には帰って来ない……。

「お、おい、観月！　大丈夫か？　ボーッとして」

天使が目の前で手をひらひらと振っており、観月は自分の意識が妄想の世界に飛んでしまっていたことに気がついた。

(うわーん！　妄想が現実になりませんように)

「観月のことは農家さんに話しておくからな。来年は一緒に行けるように」

「わぁ！　嬉しいです！　ありがとうございます！」

泣きそうになっていた観月は、天使の言葉でけろりと元気になった。胸はキュンキュン。天使の笑顔が今日も尊い。

(来年も一緒にいられるってことだよね。それを当たり前と思ってくれてるのかな？　そうなら、すごく嬉しいな)

「えへへ……。一週間もバイトがないのは寂しいですけど、私、大人しく留守番してますね」

観月は東雲にシェフの写真をたくさん盗撮させようだとか、一週間あれば服作りが進むなぁだとか、そんな楽しいことを考えながら手羽先にかぶりつく。

ピリ辛の唐辛子が良いアクセントになっていて、夏バテ気味の胃袋を元気にしてくれるような味だった。多分、ビールに合うのだろうと思ったが、自分には白米があれば十分――などと、心の中でありきたりな食レポをしていた時だった。

「バイト、あるから。勝手に休もうとしないでくれる？」

レモン水の入ったグラスを傾けながら、白沢が小馬鹿にしたような視線を向けてきた。

「え〜！　シェフがいないのに、お店開けるんですか？」

「開けないよ。誰が料理を作るんだよ。君のなんてごめんだからね」

（ぐぬぬ……。失礼な！　私だってチャーハンくらいは……！）

「チャーハンなら、とか言わないでよね。本物のチャーハンは、素人には作れないんだから」

「心、読まないでください」

「顔に書いてあるんだ」

観月は、なぜこのヒトはいつも嫌味ったらしいんだろうと唇を噛む。毒舌。意地悪。偉そう。桃石鹸《せっけん》マルチーズ。優しい天使とは大違いだ。

けれど腹は立つものの、白沢はこの店のオーナー。しかも観月の正体を知っているとなると、迂闊《うかつ》に逆らうことなどできない。

「じゃあ、一週間シェフ不在で何をするんです？」

「大掃除。力仕事の得意な君の出番だよ」

(うわぁ、やりたくない)

観月のげんなりとした顔を見て、白沢は「心を読むまでもないにもほどがある」と、呆れたため息を吐き出した。

🎀 🎀 🎀

週明けの鬼月家の朝——。

東雲が夏休み中なので、朝の洗面所戦争は一時休戦となっている。今朝も父が一人でたっぷりと時間を使って身なりを整え、何度もキメ顔を見せつけてからクリニックに出勤して行った。

　そして観月はというと、朝からゴゴゴゴゴと無心になってミシンをかけていたのだが、東雲が出発する直前にあるものを完成させた。

「はい、これ！　お姉ちゃんお手製バッグだよ！」

「え。ナニコレ、すご。売り物みたいじゃん」

　観月が「えっへん」と胸を張りながら東雲に手渡した代物は、ナイロン素材のネイビーのメッセンジャーバッグ。観月が東雲の青森行きを聞いてから、密かに製作を進め、鬼月家の家紋まで刺繍《ししゅう》してしまったこだわりの逸品だ。

　本当は天使のバッグも作りたかったのだが、彼女でもない観月がそこまでしてもいいのだろうかと悩んでしまい、今回は東雲の分だけを作った。もちろん、時間的に難しかったということもあるが。

「遠出する時は、小さいバッグがあると便利だからさ～。ここからスマホをパッと取り出して、シェフの写真をい～っぱい撮ってよね！」

「目的、それかよ。……でも、ありがと。このサイズなら、聖典も入りそうだし」

「それは置いてけ。私のだ！」

まったく、油断ならない弟だ。だが、こちらのことを好いてくれていることも分かるので、ついキツく怒れないのが姉の性だろう。

「大事に使うね、姉さん。棺桶《かんおけ》に入れたいくらい嬉しい」

「急に重いわ。……とにかく、農家さんのお手伝い頑張って！　あと、シェフにエロいことしたら許さないからね！」

観月は笑顔で東雲を送り出すと、「いつか、シェフに何か作りたいな……」と呟いた。店で着けているエプロンや、七夕祭りの時に作った甚平《じんべい》はノーカウントとして、是非いつか、プライベートで何かを作ってプレゼントしたい。たまには、無地のTシャツ以外も着てほしいし……と。

愛しの天使に想いを馳《は》せつつ、観月は何の気なしにスマートフォンの画面を見やる。すると、電話の着信履歴が数件並んでいることに気がついた。電話の主は、全て同じ人物――白沢だった。

「げっ」

思わず、声が出てしまった。観月は「うえぇ、もう掃除の呼び出しぃ？」と、嫌な予感をピリピリと感じながら電話を折り返す。

「もしもし、おはようございまーす。鬼月です。お電話をいただいてたみたいで――」

「今すぐ出て来て。君ん家から二本先の大通りに車を停めてるから」

白沢の食い気味な指示に、観月は「なんで？」と疑問を抱かずにはいられなかったが、そこで電話を一方的に切られてしまった。

（んんん？　白沢さん、相変わらず何考えてるのか分かんないんだけど。行きたくないなぁ）

白沢の意図が読めず、観月は一人で首を捻《ひね》る。けれど、とにかく今は「行く」以外の選択肢は存在しない。

（口ごたえしたら、掃除の範囲増やされちゃいそうだし）

観月は潔く反抗を諦めると、急いで着替えて家を飛び出した。

そして白沢の言っていた通り、家から二本先の大通りに彼の高級外車を発見したのだが。

「何、その服」

恐る恐る車に近づいた観月を一瞥《いちべつ》する白沢。彼は、開口早々怪訝《けげん》そうな声を飛ばしてきた。

白沢は、いつにも増して高級かつフォーマルな印象のあるブライトネイビーのストライプ柄のスーツを纏っていた。そんなお洒落《しゃれ》で高貴な彼から見れば、観月の手作りの服など常に「何、その服？」なのかもしれない。だが、今日の観月は普段の手作りの服とも異なる既製品のＴシャツとデニムを身に着けていた。

「そんなに変ですか？　私だってたまにはデニムくらい穿《は》きますよ。それに今から大掃除ですよね？　だから、汚れてもいい恰好《かっこう》を——」

「要らない気を回さなくていいのに。今日は掃除の日じゃないよ」

「えっ！　違うんですか？　じゃあ、何の日なんですか？」

観月が尋ねると、白沢は「楽しいコトする日」と悪戯《いたずら》っぽい表情を浮かべてみせた。彼の金の瞳を見つめ返すと色気に当てられてしまいそうな気がして、観月は慌てて目を逸らす。

(わ……っ、なんかエロいんですが)

行き先も教えてもらえずに呼び出されるという仕打ちを受けているのに、その艶《つや》っぽい仕草に思わずドキリとさせられてしまった自分が憎いと、観月は唸る。

（きっと、白沢さんはこうやって世の女の子を堕とすわけだ）

「で、結局どこに行くんです？」

「五月蠅いな。行けば分かるよ」

白沢は煩悩《ぼんのう》を振り払った観月を気に食わないといった顔で睨みつけ、「早く乗って。じゃないと減給するから」と、いつも通りの偉そうな態度で助手席のドアを開いた。


白沢の愛車は、観月を乗せて高速道路を滑らかに走っていた。

未だ、行き先は不明。いったいどこに向かっているのかと何度尋ねても、白沢はちっとも教えてくれないため、観月は不満たらたらだ。

「これで行き先がラブホテルとかだったら、ブチギレ案件ですからね」

「なんで僕が君とそんな場所に行くんだよ。……あぁ、分かった。欲求不満かい？　君が跪《ひざまず》いてねだるのなら、考えてあげなくもないよ」

「うわ、最低。セクハラだ」

「言い出したのは君だろ」

(誰が桃石鹸マルチーズなんかにねだるもんか！　私はシェフ一筋なんだから！)

観月は天使の愛すべき仏頂面を思い浮かべて、心の平穏を保つ。

(あぁ、癒されるエンジェルフェイス。もしシェフに白沢さんと同じこと言われたら、跪いてねだっちゃうかもしれないや)

すると、妄想の世界に旅立ちかけた観月を横目で見ていた白沢が、「今、聖司のこと考えたでしょ？」とズバリ言い当ててきた。

まったく勘弁してほしい。白沢といい伏見といい、こちらの心を遠慮なく読んでくる。プライバシーの侵害もいいところだ。

「べっ、別にいいじゃないですか！　好きなんですもん！」

「批判じゃないさ。好きなヒトでやましい想像をすることは、おかしなことじゃないよ」

「もしかして、白沢さんもシェフのあんなそんな妄想を……？」

「馬鹿じゃないの」

白沢は、観月の発言を勢いよく一刀両断した。もし彼が運転中でなかったら、手か足が確実に出されていた気がする。それくらい「有り得ない」を全身から放っている。

「だって、白沢さんは単なる魂狙いのアヤカシじゃないと思って。シェフのこと、大事に思ってるんじゃないんですか？」

「まぁ、そうだけど。でも、その恋愛脳はどうにかして。ライクって英単語知ってる？」

「知ってますよ！」

完全に馬鹿にしている。その選択肢だって、考えなくはなかった。なぜなら、天使が白沢のことを親しい友達として接しているから。

「大学生の時からの友達なんですよね？」

「そ。僕は気まぐれで大学に入ったんだけど」

(嫌味かな？　気まぐれで大学って、大学受験に失敗した者としては許し難い発言なんですが)

紀元前から生きていたら、知識の量も半端ないのだろうか。でも、ずるいと思わずにはいられない。「あんたのきまぐれのせいで、真剣な受験生が一人落ちてるぞ」と罵りたい。

しかし、それよりも気になることはシェフの青春である。

「大学時代のシェフって、どんな感じだったんですか？」

「聖司とは凪辻大学祭で実行委員を一緒にやったことくらいしか、関わりはなかったよ。学部だって法学部と農学部だから、ほとんど接点ないし」

「え」

つっこみどころが多すぎて、観月は「待ってください！」と、白沢の話に口を挟む。

「シェフは法学部？　それとも農学部？　うぅん！　そもそも凪辻大学って、めちゃくちゃ賢いヒトしか通えない大学じゃないですか！」

凪辻大学は国内きっての難関大学だ。日本の政治や経済を回すエリート要人を輩出するというイメージが強い。観月は彩都《さいと》ファッション専門学校のオープンキャンパスに行く途中に遠目に眺めた程度だが、まるで未来都市のビルのようにスマートで近代的な外観をしていた。こんなお金のかかっていそうな未来ビルで勉強するヒトたちは、きっと日本の将来を切り拓くような熱意に溢れた天才たちなんだろうなと、観月は縁遠く考えていたというのに――。

「そんな大学に、シェフが？　シェフって、めちゃくちゃ頭が良かったんですか？」

「言ってなかったっけ。ただのニンニク馬鹿じゃないよ、聖司は。まぁ、研究をしていたのはニンニクだったけれど」

農学部確定。やっぱりニンニクだったし。

「シェフ、すごいですね！　かっこいい上に、頭も良いなんて！」

「僕も褒めてよ。法学部の方が、偏差値がずっと高かったんだ」

「それより、シェフの話を続けてください」

うっとりと天使のことを思い浮かべる観月を見て、白沢は「君って子は……」と舌打ちをした。だが、観月は既に白沢の舌打ちに慣れてしまっていた。彼の舌打ちは、ただの相槌《あいづち》と何ら変わらない。

「魂の話をしようか。学生時代の聖司の魂は、量産型。ありきたりな色で、別に面白くもなんともなかったよ。だから、僕は聖司に敢えて関わることもしなかったし。きっと君だって、『美味しそうな香り』だなんて思わなかっただろうね」

ここに来ての魂の話に、観月はグッと身構えた。天使の魂だけを好きになったわけではないと確固たる証明ができない身としては、未だに抵抗がある内容なのだ。

「どういうことですか？　あの魅惑のうまうまフレーバーは生まれつきじゃないんですか？」

「一般的なニンゲンの魂は、運命や才能なんかによって色も形も定められているものなんだけどね。でも、聖司の魂は変わったんだ。アヤカシを引き寄せるトクベツな魂に」

「突然変異的な感じですか？」

「いや。必然変異と言う方が合っているかな。僕には、聖司の魂が透明なビー玉のように見えていてね。あれほど『空っぽ』な魂、なかなかない」

「『空っぽ』？　それがアヤカシを惹きつける魂の特徴なんですか？」

白沢の表現が気にかかった。魂を目で見ることができるという彼ならではの言い回しだが、それはいつもやる気に満ちている天使には似合わない言葉だと思ったのだ。

「心が空という意味ではないよ。魂の透明度が高いと言った方が分かり易いかな。

疑いや嫉妬、怒り、執着といった負の感情が極端に少なくて、ある種の信仰心によって精神が清らかな状態のことだ」

「なんだか、宗教くさい話ですね。聖人君子みたいな」

観月が悟りを拓いたお坊さんを思い浮かべていると、白沢は「そのイメージは、あながち間違ってはいない」と口を開く。だから、心を読むなってば！

「まさに、トクベツな魂を持つニンゲンのことを『聖人』あるいは『聖女』と呼ぶんだよ。三蔵法師《さんぞうほうし》やジャンヌダルク、卑弥呼《ひみこ》なんかもそう。聖司と同種だ」

「ひみこ……！」

卑弥呼って、本当にいたのか。

観月は偉人たちを見て来たかのような口ぶりの白沢に驚愕《きょうがく》しつつ、そのラインナップの中に天使が入っていることに震え上がってしまう。シェフ、すごすぎる。

「聖人や聖女の子孫たちは、その特異な魂の素質を受け継いでいる。まぁ、多くは開花には至らないんだけれど」

「大学の話から急にスケールが大きくなりすぎて、ついていけないんですが」

青春の話はどこに消えたんだとは、今更言えない。

「シェフは、どんな聖人さんの子孫なんですか？」

卑弥呼かな？　と面白そうな方向に期待する観月。

だが、白沢は「当ててみなよ」と、ここに来て情報を出し惜しみするではないか。

「僕が探し求めていた聖人」

そんなヒントで分かるわけがない。観月があからさまにムッとした表情を浮かべると、白沢は喉を鳴らして笑った。

(嬉しそうにするな。サディスティックオーナーめ)

「サディスティックでけっこうだ」

観月の心を言い当てた白沢は、車のブレーキを踏んだ。そして、話は終わりと言わんばかりの勢いでシートベルトを外す。

「先に買い物するから。降りて」

気になる会話を強制終了させられ不満の残る観月だったが、車窓から見えた景色に驚きを隠せなかった。

(こ、ここは！)

「高級ドレスショップ【クラビネ】じゃないですか！」

「そ。今から君をドレスアップするから。……僕がエスコートするに相応しい女性になってもらうよ」

　セレブ御用達のドレスショップに臆さず入っていく白沢。Tシャツにデニム姿の観月はしばらく呆気に取られていたが、これ以上引き離されると入店しづらさが倍増してしまう。訳が分からないがとにかく行くしかないと、観月は走って白沢を追いかけた。

🎀 🎀 🎀

「く……、くすぐったいです！　耳、ダメぇ……っ！」

　地下駐車場に停めた車内に観月のか細い声が響き、はぁはぁと熱い吐息が漏れ出ていた。その様子を面白そうに見つめる白沢は、観月の耳から指を離すつもりなど毛頭ない。楽しいのはこれからだと言わんばかりに、意地悪くほくそ笑む。

「へぇ、耳弱いの？　そんなびくびくしちゃって、可愛いとこあるね」

「うぅっ……。白沢さん、早く……。早くシてください」

「おねだりの仕方としては、及第点かな」

サディズムを隠さず、白沢の指が観月の耳たぶをもてあそび、再び車内に甘い悲鳴が――。

「いや！　もう、いい加減にしてくれます？　自分で付けますから、鏡持っていただけますかっ？」

観月は助手席まで身を乗り出していた白沢の腹にドンッと拳を突き入れ、シャウトした。オーナーでなければ、「このド変態！」と追加で叫ぶところだ。

「このド変態！」

（あ、叫んじゃった。まぁ、いいか）

「チッ。君のパンチなんて痛くないけど。ちょっとふざけただけじゃないか。冗談が通じない子だな」

「だってイヤリング付けるだけなのに、白沢さんいやらしいんですもん！」

「君のようなじゃじゃ馬ヴァンパイアに発情することはないから、安心しなよ」

（きぃっ！　むかつく！）

観月は腹を立てながら、ルビーのイヤリングを耳に付ける。ヴァンパイアの力を制御するための〝封印の耳飾り〟も付いているのでダブルイヤリングになるのだが、それでも不自然にならないデザインのものを選んだのだ。白沢が。

　その他、ネックレスもヘアコームもドレスも靴もバッグも、高級ドレスショップ【クラビネ】で白沢が選んで購入してくれたものだ。

　正直、センスがいい。大人っぽい黒のワンピースにアクセサリーと小物の赤がよく映えていて、とても目を引く色味だ。観月の金髪赤眼にもよく合っている。しかも高級というだけあって、着心地も付け心地も抜群だ。

　だが、一つだけ抵抗があるのはワンピースのデザイン。

「このワンピ、露出がすごいんですけど。白沢さんの趣味ですよね？」

「露出？　胸元はレースで隠れているし、丈も膝まであるじゃないか」

「どこ見て言ってんだ！　背中、ぐりっぐりに空いてますし、スリットもびっくりするくらい入ってるんですけど？」

　観月が座席に座ったまま背中と太ももを指差すと、白沢は思い出したかのように
「あぁ～」と笑った。

　胸元や袖はレースで覆われている、膝丈のフレアワンピースなのだ。だが、観月

の言うように背中が大きく開いている上に、左太ももが丸見えになるくらい深いスリットが入ったデザインだった。

「私が選んだやつじゃないワンピをレジに持って行った詐欺師《さぎし》！」

「買うのは僕だし、エスコートするのも僕だ。馬子《まご》にも衣裳ってやつだ。喜びなよ」

「目的不明でドレスを着せられても、私は喜びませんよ。ここ、どこの駐車場なんですか？」

ムッとしながら、太ももをさりげなくバッグで隠す。プロポーションに自信がないわけではないが、普段出さない部分なので違和感が拭えない。というか、恥ずかしいので見られたくない。

「ここはね、ホテルだよ。だけど、君が言っていたラブホテルなんかじゃないよ。【東京グランヴィールホテル】。今から行くのは、その中にある五つ星レストラン――【桜蘭閣《おうらんかく》】だ」

もじもじしている観月のことなど気にも留めず、白沢は車の外に軽やかに降りると、その流れで助手席のドアを優雅な手つきで開いた。少し、王子様っぽくも見える。

「驚きすぎて声も出ないかい？」

白沢が、「さ、行くよ」と手を差し伸べてくる。

彼一人に見つめられているはずなのに、なんだかたくさんの瞳に見つめられているような気がして、観月はそわそわとしてしまう。――が、白沢が何をドヤっているのかが分からず、首を傾げながら、とりあえず彼の手を取った。

「……おうらんかくって、何屋さんなんです？」

🎀 🎀 🎀

【東京グランヴィールホテル】は、世界中のセレブや要人たちが愛用する高級ホテルであり、国際会議セレモニーなんかにも使われる場所だ。観月もそれくらいはさすがに知っていた。だが、自分など一生縁のない場所だという認識で終わっていた。

白沢によると、【桜蘭閣】は中国《ちゅうごく》で名を馳せた天才シェフによる高級中華レストラン。日本でもトップクラスの人気中華料理店で、数年先まで予約がいっぱい。誰もが憧れる店だという。

「すみません。まったく知りませんでした」

「せっかくここを選んだのに。……君の情報収集能力、死んでるの？」

「言い方ひどすぎじゃないですか？」

白沢は観月が【桜蘭閣】を知らなかったことに対して少し落胆した表情を浮かべたが、それは一瞬のことだった。すぐにいつも通りに嫌味を製造している。

こちとら無知な庶民なもんで悪うございましたね、と言いたくなる観月だったが、わざわざ予約を取ってくれたのだからと思い、白沢への文句を喉の奥に仕舞い込む。

趣味がおかしいとはいえ、このドレスだって入店のためのドレスコードだろう。ここは素直に感謝するべきだということくらい、観月にだって分かる。

（でも、なんで？）

なぜ白沢が自分をこのような場所に連れて来たのか？　その理由が観月にはまったく見当がつかないのだ。

（もしかして、慰労目的の食事会？　それとも、今さら歓迎会？　いや、でもシェフいないしなぁ。もしかして、セレブと庶民の格差を味合わせるため？　って、さすがにそこまで意地悪じゃないか……）

城のように豪華絢爛《けんらん》な内装のホテルのロビーを抜け、最上階の展望階を目指すエレベータの中で観月は首を捻って考えるが、やはり白沢の考えが読めない。だから、ストレートに聞くことにした。

「あの、なんで私を高級レストランに連れて来てくれたんですか？」

エレベータのドアが開くと同時に、白沢が振り返った。その顔はいつもの皮肉や嫌味を言う時の顔ではなく、いたって真面目なものだった。

「君を喜ばせるためだけれど？」

（んん？　なんですと？）

白沢に「さっさと降りて」と急かされ、慌ててエレベータを転がるように出た観月だったが、今しがたの彼の言葉の真意が理解できず、きょとんとしてしまう。聞き間違い、もしくは隠語でも含まれているのではないかと、頭の中で繰り返し再生して考える。

「アレですか？　店をリストラする手切れ金みたいな？」

「アルバイトに手切れ金なんて払わない」

「じゃあ、私の誕生日？」

「君の誕生日は十月三十一日だろ」

「え。なんで知ってるんですか」

「履歴書」

店の目の前でこのような遣り取りをすることにうんざりしたのか、最終的に白沢は単語しか発さなかった。その代わりに、観月そっちのけで店のボーイと何やら話をしている。

「電話で頼んだＶＩＰ席、空けてあるよね？　そこに通して」

「かしこまりました。どうぞ、こちらへ」

観月が聞き取れたのは最後の会話だけだったが、白沢に謎の権力があることだけは予測ができた。なにせ、「数年先まで予約がいっぱい」な店のＶＩＰ席なのだから。

そして白沢はそんな観月の心中を察したらしく、ボーイの後ろについて歩きながら端的に答えてくれた。

「僕、ここのオーナーだから」

観月は思わず「ええっ！」と声をあげ、足が止まってしまった。けれど、腑《ふ》に落ちないわけでもなかった。白沢は、以前から「【ガーリックキッチン彩花】の他に本業がある」という主旨のことを口にしていたではないか。

ここが彼自身の店であれば、VIP席の予約を取ることも容易だろうし、白沢の衣服や持ち物が高級品であることにも納得がいくというものだ。

「すごいですね。高級中華レストランのオーナーをされてたなんて……」

「中国に本店もあるよ。良さげなニンゲンをバリバリ働かせてる」

（おい、言い方！　ボーイさんに聞こえちゃうって！）

白沢の発言には呆れるものの、彼が大物経営者であったことを知り、観月はなんだか落ち着かなくなってしまった。

（白沢さんが、こんな格式高い系のお店のオーナーだったなんて。ガチのセレブが来るお店だし、私なんて場違いだし……！）

自分が浮いているのではないかと、そわそわ、きょろきょろと挙動不審な観月。そんな観月に気がついたのか、白沢は「はぁ……」と小さくため息をつき、強引に観月の手を取った。

「僕がエスコートしてるんだから、緊張しないで」

「えすこ……」

戸惑う観月の耳元に白沢の唇が寄せられ――。

「すごく綺麗だよ」

白沢の裏の顔。甘く淡い微笑みが炸裂していた。普段とはまるで別人である。

(歯が浮く！　歯が！)

キザな白沢のせいで緊張が解けるというよりも、むしろ観月の警戒は強まってしまったのだが、ともあれやって来た【桜蘭閣】のＶＩＰ席。そこはホテルの中で最も外の景色が美しく見える展望個室だった。

「うわぁ～……！」

個室であることでようやく気持ちが楽になった観月は、大きな窓ガラスに張り付くようにして外観を眺めていた。周囲の高層ビルやマンションが低く感じるくらい、高い位置にいる。車や電車、ヒトが豆粒みたいに小さい。

「わっはっは！　ヒトがゴミの――」

「そういう俗な感想じゃなくて、景色を楽しんでくれないかな。空とか、海とか」

名作の名言を叫ぼうとした瞬間に、白沢の棘《とげ》のある声が飛んできた。

「海なんて、遠すぎて見えませんよ。っていうか、白沢さんこそ独裁者の台詞が似合うのに」

「失礼だな。僕は慈愛に溢れたリーダーだ」

ワイングラスを優雅に傾ける白沢だが、彼は個室に入って早々なかなかのハイペースでグラスを空にしていた。【ガーリックキッチン彩花】でも時々ワインを飲んでいる彼だが、今日はいつも以上に酒が進んでいるらしい。

「お料理が来る前に、お腹膨れちゃいますよ？　そんなに美味しいんですか？」

「五月蝿いな。今日はお酒を入れておきたい気分なんだよ」

（ムカつくけど、まぁ、いっか。白沢さんが満腹になっちゃったら、私が食べてあげたらいいもんね！）

観月は「ふふふ」と笑いながらテーブルに戻ると、ご機嫌に料理が出てくるのを待つ。

なんて言ったって、高級中華料理だ。きっとフカヒレだとか燕《つばめ》の巣だとか、テレビでしか見たことがないような高級食材がばんばん出てくるに違いない。しかも、よく分からないが白沢の奢《おご》りなのだ。これは張り切って食べるしかない。

そしてしばらく経つと、展望個室にお待ちかねの料理が運ばれてきた。

「前菜五種盛り――、棒棒鶏《バンバンジー》、冷製クラゲ、特製ピータン、サザエと葱《ねぎ》の和物《あえもの》、豚肉のガーリックソースがけでございます」

ボーイさんのにこやかな説明を聞くまでもない。

個室のドアが開いた瞬間、観月は顔面蒼白になり、同時に激しい吐き気に襲われた。理由は、観月の天敵が現れたこと。

「にっ、ニンニク……！」

ニンニク独特のツンとした刺激臭が鼻に侵入し、頭はくらくら、足はガックガク。まことにヤバい状態だ。

「てっきり、ニンニク抜きのオーダーをしてくれてるのかと……」

「してないよ！　だって君、いつも店で聖司の料理を食べているじゃないか！」

(ごもっとも！)

そういえば、白沢に天使の料理は特別なのだと話したことがなかった。自分が悪かったと後悔しても、もう遅い。

観月は個室の中に充満するニンニク臭を吸い込み、倒木のようにバタンと椅子から床に落っこちた。

「観月……！」

（あれ、その呼び方はシェフ？　シェフがいるの……？）

五感がはっきりとしない観月は、懸命に目を凝らすが天使の姿はない。その代わりに、青ざめた顔の白沢が床に膝を突いてこちらを覗き込んでいた。

「シェフ、じゃない……？」

「悪かったな！　そうだよ！」

白沢の荒い声が頭に響き、ズキズキとした痛みが走る。息苦しい。頭がくらくらする。目を開けていられない。

（あ……。だめだ……）

意識が途切れる寸前に、観月の身体はふわりと宙に浮いた。白沢が全身脱力状態の観月をひょいと抱きかかえたのである。

「しらさわ、さん……？」

「五月蠅い。黙って僕に抱かれとけ！」

白沢は観月を抱えた状態で、荒々しく展望個室を飛び出したのだった。

🎀 🎀 🎀

観月は、ズキズキと痛む頭を押さえながら目を覚ました。

(私、気を失って寝てたのか)

弱点が多いヴァンパイアであるせいか、我ながら気絶展開が多すぎる。ニンニク、日光、海水、その他諸々――、この世は観月の天敵でいっぱいだ。

「情けないなぁ……。せっかく白沢さんがご馳走してくれようとしてたのに」

「ようやく起きたかい？」

唐突に白沢の声が降ってきたので、観月は驚いて飛び上がった。数センチは浮いただろう。

そして今いるのがふかふかのベッドの上で、家具がそれくらいしかない板の間の部屋だということだけは慌てて確認した。ここがどこかは分からないが、白沢が倒れた観月を運んでくれたということは想像できる。

「高級中華を無駄にしてしまって、すみませんでした。しかも、輸送までしてもらったみたいで……！」

「輸送って……。別にかまわない、怒ってないよ。僕の方こそ、配慮に欠けていてすまなかったと思っているから。……ヴァンパイアはニンニクを食べたら爆散することは知っていたんだ。けれど、君が店で散々賄いを食べているのを見ていたから、てっきり混血なら平気なのかと……」

「シェフの料理がトクベツなんです。それ以外はダメで……」

「そのようだね。危うく、君を死なせるところだった」

白沢、真顔で縁起でもないことを言う。

ソースは何か分からないが、父が話していた「ヴァンパイア、ニンニク食べると爆散する説」に間違いない。その論説が本当だとしたら……と考えると、観月は背中が寒くなる。もし観月が鼻の悪いヴァンパイアだったら、うっかりニンニクを食べて死んでいたのだろうか。

(私、生きてて良かった)

ホッとせずにはいられない。観月は、まだまだ若い十八歳。専門学校の受験も、天使への二度目の告白もまだなのだ。爆《は》ぜ散って死んでいる場合ではない。

そして、安堵《あんど》していた観月の耳に白沢の驚愕発言が飛び込んできた。

「ここ、ガーリックキッチンの二階でさ、聖司の部屋なんだ」

「うそ！　マジですか！」

驚いた観月は、今度は数十センチ上に跳んだ。ここが天使の部屋であるならば、今いるベッドは今朝まで天使が寝ていたベッドということだ。そう思うと、胸の鼓動が自然と爆速化してしまう。

(匂いは？　肌触りは？　もしかして、ぬくもりが残っていたりして？)

眼の色を変えて（赤色のままだが）、ギュッと薄手の掛け布団を抱きしめる観月。

あぁ、どことなくシェフの香りがするようなしないような。いや、なんだかフルーティな香りがする――。

「チィッ……！　嘘だよ、ド変態！」

テンションのおかしな観月を待っていたのは、白沢の盛大な罵声だった。

「聖司の部屋は隣。ここは僕の部屋で、それは僕のベッドだ」

(騙しやがった、この野郎！)

「だっ、誰がド変態ですか！　白沢さん、ずるい嘘つかないでくださいよ！」

「ずるいのは、君の方だ」

白沢は抗議する観月をムッと睨みつけると、勢いよく掛け布団を剥ぎ取ってしまった。そのせいで急にヒヤッとした空気に晒《さら》され、観月は身体を縮こめた――が、両肩にかけられた自分以外の者の体重に耐え切れず、ベッドに仰向けにひっくり返る。

つまりは、白沢によってベッドに押し倒されたのだ。

「ひゃっ！　しっ、白沢さん！」

「少しは僕を見ろよ」

「へ……？」

「君の頭の中、聖司のことでいっぱいすぎ」

観月は抵抗して身を起こそうとしたが、白沢によって乱暴に脚を挟み込まれてしまい、自由に動くことができない。加えてニンニクの匂いを吸い込んでしまったせいか、身体に痺れが残っていて力が出ない。

どういうことだ、この状況。

白沢の体温が近い。ワケが分からなすぎて、「このヒトもちゃんと血が通っていたんだな」などと場違いな思考が一瞬よぎるが、白沢の真剣な瞳と目が合うと、そんな考えは吹き飛んで消えた。

「白沢……さん？」

「目、閉じてよ」

いつも嫌味ばかりを吐く白沢の口から出た言葉は、今までの何とも異なる切ない口調の甘言だった。その言葉の意味くらいは、観月にだって理解できる。

(うそうそ、待って。ミリ単位の可能性だけど、白沢さん、私のことを……？)

桃の石鹸の香りがふわりと近づく。

あ、ベッドと同じ香りだと気がついた時には、白沢が観月の唇にそっと指を這《は》わせてきて――。

「……あのさ。聞こえなかった？　目、閉じてくれない？」

「閉じませんけど」

「は？」

「は？」

静かな部屋で、白沢の苛立った声と観月のきっぱりとした声が衝突した。すでに、というか元より色っぽい空気など存在しておらず、二人はいつものように喧嘩腰の表情で向かい合っている。ベッドの上で。

「一応聞くけど、君、僕にトキメかなかったの？」

「こっちこそ聞かせてもらいますけど、私がシェフのこと大好きだってご存じですよね？　白沢さんのモラルどうなってるんですか。早くどいてください」

流れるような観月の言葉が部屋に響き、白沢の金色の瞳が分かりやすく丸くなる。驚き呆れている感情が全開だ。

そして白沢は、「はぁ……」と面倒くさそうに身体を起こすと、ベッドの下に座り込む。

「ごめん。ちょっとした悪戯さ。君が聖司に相応しいかどうか、見定めてやろうかと思っただけ」

「悪戯って。私が出るとこに出たらムショ行きですけど？」

身体が自由になった観月は、ベッドの上で膝立ちして白沢を見下ろす。けれど見下ろされているにも関わらず、白沢の態度は大きなままだった。

「ムショに突き出されない自信は割とあった」

(おい、こら。開き直っての上から目線が鼻につく!)

「そりゃあ、白沢さんみたいなイケメンが迫ってきたら、世の女子は流されちゃうかと思いますけどね。私はシェフ一筋ですから!」

「君のような愛が重たい女性に好かれて、聖司は大変だ」

「言い方がむかつくんですけど! シェフに苦労はさせません。私が絶対に幸せにしますから!」

「僕にプロポーズの言葉を言われても困る」

白沢がやれやれと肩をすくめて力なく笑う。

(あれ……。いつも通りだと思ったけど、ちょっと凹《へこ》んでたりする?)

一万年の人生の中で、初めて女性にスカされたのだろうか。

「凹んでなんかいるもんか。君が聖司を好きなことは知ってたんだから」

「わっ。だから、心を読まないでください」

内心を言い当てられ、観月は手近にあった枕でぼふんと白沢の頭を攻撃した。けれど意外にも白沢は避けなかったため、観月は逆に驚いてしまう。

「急にMになったんですか」

「馬鹿だな。僕は生粋《きっすい》のSだ」

まぁ、そうですよねと観月が枕を回収していると、白沢は少しだけ改まった口調で話しを続けた。

「君が聖司に相応しいかどうかだけれど。今日ので、君が尻軽ではないことはよく分かった。あとは、君が聖司の空っぽの魂をどうしたいかによるね」

「どうしたいかって、何がどういう意味ですか？」

乱れた白髪を手櫛《てぐし》で直す白沢。観月は彼の言っている意味が理解できずに、きょとんと首を傾げる。

「魂を保存用にするか、観賞用にするか、実用するか……ですか」

ていうか、魂の扱い方なんて知らない。

「言ってなかったっけ。聖人の魂は、アヤカシの願いを一つ叶えることができるんだ」

「願いを叶える？」

観月は驚きのあまり、ベッドの上で腰を抜かしてしまった。

天使の魂にそんなドリーミングな力があるというのか。

けれど、伏見やミャーコさん、ガングロマーメイド、その他諸々のアヤカシたちが、こぞって天使の魂を欲しがるのだ。それ相応の魅力があるのだろうとは思っていたが、まさかそんな異次元な。

「願いって、何でもアリなんですか？　億万長者とか、不老不死とか」

「それも不可能じゃないね。魂を譲渡された時の状態によっては」

「え？」

賞味期限間近とか、肥満状態とか？

そんなわけないかと、観月は黙って白沢の言葉の続きに耳を傾ける。

「僕の見え方だと、透明度の高い魂であればあるほどいい。穢《けが》れが少ない魂の方が、身体に馴染みやすいから。僕なんかは昔、ヒト型になることとか、妖力の増大とかを願ったかな」

「まさかの複数回実食済み！」

「まぁ、過去の魂と比べても、聖司の魂の『空っぽ』具合は優秀でね。だから、みんな欲しくなるんだよ」

「そんな。シェフの魂をモノみたいに……」

魔人のランプかよ。聖人で天使だけど。

「白沢さんも、シェフの魂で願いを叶えたいんですか？」

天使のことを便利なモノのように言われることが嫌で、観月は不満げに口を尖《とが》らせる。すると床に座る白沢は、観月を見上げるようにして、「僕の願いは、魂では叶えられない」とさらりと言い放つ。

「白沢さんの願いって……？」

「願いというか、夢だね。決して、僕一人では完結しない大きな夢さ」

「天下布武？」

真面目に答えたつもりだったのに、白沢のデコピンが飛んできた。めちゃくちゃ痛い。

「そう言う君はどうなのさ。君の願いはなんだい？」

「私の願いは……」

もし、願いが一つ叶うなら――。それは誰しもが一度は考えることだろう。観月だって何万回も考えたことがある。

強い魔力がほしい。夏をなくしたい。十字架の存在を消し去りたい。ゴシックファッション御殿を手に入れたい。

いや、そんなちゃちな願いのために、観月は天使のそばにいたいわけではない。魂を譲渡される瞬間を待ち望みながら、天使を愛せるわけがない。超愚問とはこのことだ。

「シェフの魂を使って叶えたい願いなんて、ないですよ。シェフと一緒にいることが、私の願いなんですから」

観月の渾身《こんしん》の決め顔に、白沢が「うわぁ」と引き気味に眉根を寄せる。

だが、観月はそれでもかまわなかった。観月の「好き」は天使の魂ではなく、彼の全てに注がれているのだから。

「まぁ、もし何か絶対に願い事をしなくちゃいけないとしたら、シェフのお願いを代行申請ですね。来世でも観月に会いたい……、とかだったら嬉しすぎて泣いちゃうかも。やばっ。想像したら、シェフの顔が見たくなってき──」

「はいはい。もう分かったよ。お花畑な妄想は聞きたくないよ」

白沢はエンジンがかかり始めた観月の言葉を遮ると、舌打ちと共に立ち上がる。スラックスのシワをパンパンと伸ばしながら、鬱陶しそうな目線だけを寄越す姿は、すっかりいつもの白沢凌悟だ。

そして彼は観月に言った。「アフォガード、食べる？」と。

アフォガードといえば、白沢の好物だ。確か、これだけはこだわって手作りしていて、心を開いた相手にはソレを振る舞ってくれると聞いている。どうやら彼は観月に手作りアフォガードをご馳走してくれるらしく、よく分からないが少しは仲良くなれたらしい。

観月にとってエスプレッソコーヒーは苦すぎるのだが、バニラアイスクリームがあれば話は別。その二つを組み合わせたアフォガードは大好きだ。ちょっと大人になったかのような気になれるところも良い。

「食べたいです！」

「分かった。……ちょっと大人になりたいのなら、僕のところに来てもいいんだよ？」

先に部屋を出ようとする白沢が、悪戯っぽい目をして振り返った。観月は、またも心を読まれたらしい。

「願い下げです。セクハラで訴えますよ？」

いつか白沢に言われた「願い下げ」という言葉を、観月はにこやかな笑みと共に返却してやった。


数日後――。東雲は天使と共に青森から東京に帰って来た。

「きっと喜ぶぞ」

隣を歩く天使は、ニンニクドレッシングやニンニクの蜂蜜漬《はちみつづ》けの瓶、他にもリンゴやリンゴのお菓子といった大量のお土産が入った紙袋を嬉しそうに見やる。

ニンゲンなのにけっこう力持ちだなと、東雲は彼の筋肉をうっとりと見つめた。

(アヤカシのボクよりパワフルなんだもん)

本当は今日まで青森で農作業を手伝う予定だったのだが、大型の台風が近づいているために、一日早い戻りとなっていた。そのことが、東雲を安堵させていた。

（疲れた。腰が痛いし、すごく日焼けした。農業舐めてた……）

愛しの天使との青森旅行だと大喜びし、ウッキウキで出かけた記憶が遥か遠い。

現地では、天使とニンニク農家さんのマシンガンニンニクトークを延々と聞かされ、まだまだ暑さの残る秋空の下でひたすらニンニクの植え付けを行った。

もちろん、新鮮な体験なので面白い。だが、日頃室内で勉強ばかりしている東雲には、体力的にキツすぎた。アヤカシなのでニンゲンよりも体力があるはずなのだが、それでも疲労困憊《こんぱい》だった。

（言い訳だけど、インキュバスはエロ特化だし……）

だがその得意分野でさえ、東雲は自信を失いかけていた。天使に積極的にアピールをしても、彼はまったくなびいてくれなかったのだ。

東雲渾身の人懐っこい笑みも、上目遣いも、少し甘えた声色も、ボディタッチもまったく歯が立たず。『年上鈍感男子を堕とす小悪魔テクニック百選』を熟読した甲斐もなく、天使は初日から最終日まで、熱い兄貴分というスタンスを崩さなかった。

「分からないことがあったら、何でも聞いてくれ！」

「若いうちに農業の重要さを知っておくのはいいことだ！」

「大学の友達にも、ぜひニンニクの素晴らしさを布教してくれ！」

…………。

(い、色気どころか、俗っぽい話題すら出ないだと？)

せめて、天使の生い立ちだとか家族の話だとか、こちらが興味のある内容に触れてほしいのに、天使はことごとく自分の話をしなかった。マジパーの時も同じだったが、天使は自身を語らない割にはこちらの話を聞き出すことが非常に上手く、東雲は転がされるがままに喋りまくってしまった。お茶目な父とマイペースな母、そして自分と姉観月の話。もちろん、アヤカシ一家だとバレない範囲の話だが、やたら個性の強い家族と思われてしまったかもしれない。

(天使さんのことをもっと知りたいのに、ボクばっかり喋っちゃったよ。なんで？)

天使以外の一般のニンゲン相手ならば、東雲の持つインキュバスの魔性の力でイチコロ――つまり、惚れさせて喋らせることなど容易であるはずなのだ。その点においては魔力の効力に多少差はあれど、性別の縛りはない。少なくとも、東雲はそう認識している。

自分の魔力不足か、それとも魅力不足か？　帰りの新幹線では、そればかり悶々《もんもん》と考えてしまっていた東雲だ。

（これは、生まれて初めての挫折《ざせつ》と言っても過言じゃないよ。悔しい。あり得ないよ。このヒト何者なの？）

心身ともに疲弊するとはこのことだ。

そんな東雲の心中などつゆ知らず、ズンズンと元気よく歩く天使は「店に土産を置いたら、どこかにコーヒーでも飲みに行くか」と終始ご機嫌だ。どうやら楽しかった青森滞在記の余韻に浸りたいらしい。

「来年は観月も連れて行くぞ。農家さんも、是非って言ってたもんな」

東雲は「そうですね」と明るく答えたが、その話は通算五回目だ。天使はよほど観月を連れて行きたかったようで、恋敵としてはガッツリと嫉妬してしまう。他にも観月お手製のメッセンジャーバッグをたいそう羨ましがったり、観月の昔の話を聞きたがったりと、天使の脳内における観月の存在感をひしひしと感じさせられていた。

（悔しい。でも――）

自分が憧れる大好きな姉の魅力に気がついてもらえることは、心の底から嬉しかった。ほらね、ボクの姉さんは素敵でしょ。ボクは前から知ってたんだ、と。

(天使さんは姉さんのこと、どう思ってるのかな)

ラブorライク。その境界線が、恋愛素人の東雲には実は曖昧だったりする。

(姉さんに彼氏ができたっていう嘘でもついたら、リアクションで好きかどうか分ったりして)

そんな真似しないけど、と東雲が胸の中で自嘲していると、いつの間にか【ガーリックキッチン彩花】に到着していた。見ると、当然ながら店の看板は「CLOSE」となっている。だが東雲は扉の向こうから発せられている強大な妖力と、自分とよく似た魔力を感じ取った。

(あ、これは……)

東雲が口を開く前に、天使がガラガラガラッと勢いよく扉を横に滑らせた。「ただいま、凌悟」と、白沢だけがいる想定で。

「あれ！　シェフ！　おかえりなさい！」

店の真ん中から元気な声とキラキラした瞳を向けて来たのは、観月だった。柔らかい布製のメジャーを手に持ち、上半身裸の白沢の腹囲を測っていた。そう、上半身裸の。

おいおい。どういう状況だよ。

「せ、聖司。帰りは明日のはずじゃ……？」

「台風が来る前に帰って来たんだ」

珍しく動揺した様子の白沢は、天使と平然と話すことに努めているように見えた。けれど、そのような雰囲気ではない。取り繕ったピリピリとした空気が店内に漂っている。

（あれ。なにこの修羅場感……。脱いでる白沢さんをぶちのめしたいのはボクなんだけど、それ以上に天使さんの様子が……）

天使の黒い瞳が揺れていた。観月と白沢を交互に見つめ、やがて二人を瞳に映す。けれど、観月だけが平常運転。笑顔で天使と東雲に「お疲れ様です」と労いの言葉を述べると、楽しそうに現状の説明を始める。

「あ、気になっちゃいますよね！　今、白沢さんの衣装の採寸をしてたんです。シルク生地の襟付きのベストです。ベストがグレーなので、シャツはブラックにする予定で。きっと、すごく似合うと思うんです！」

服作り大好き観月。空気が読めない。

東雲が堪らず「姉さん、ちょっと黙ろうか」と口を挟み、代りに白沢に状況を説明させようとしたのだが——。

「すまん。商店街のヒトたちにお土産を配ってくる。東雲、コーヒーはまた今度行こうな」

天使は旅の荷物を店の入り口近くにどすんと置くと、お土産の入った紙袋だけを持ち直して踵《きびす》を返す。まるで、逃げるかのように。

「天使さん！」

「聖司……！」

東雲と白沢が呼び止めるが、天使は振り返らなかった。

きっちりと閉め切られなかった扉の隙間から、どんよりと湿った空気が入り込んで来る。台風が近づいて来ているぞと、東雲は胸騒ぎが止まらない。

「シェフ、もう行っちゃいましたね。青森の話、聞きたかったのに」

「君が秋祭りの衣装だって言わないからだ」

「あれっ。私、言ってませんでした？」

白沢が悩ましげに舌打ちをし、観月がきょとんと首を傾げている。

どうやらこの二人、天使にあらぬ誤解を抱かせてしまった可能性が高い。観月はまったく気がついていないようだが。

「とりあえず、白沢さん。服を着て姉さんから離れてもらえますか？」

みのりさんから呪いの藁《わら》人形を買わなくちゃと、密かに計画立てる東雲だった。

🎀
🎀
🎀

パタリと商店街を歩く天使の足が止まる。逃げる場所が見つからず、その場から動くことができない。

(なぜ、俺じゃないんだ。なぜ、凌悟なんだ——？)

天使は、自身が抱いた「妬《ねた》み」の感情に動揺せずにはいられなかった。

観月はアルバイトの女の子で、仕事仲間だ。自分の恋人ではない。彼女が誰に何を作るかは彼女の自由じゃないか。

(分かってる。じゃあ、なぜこんなにも悔しいんだ。なぜ、こんなにもイライラしてしまうんだ)

なぜ、なぜと自問する。

自身に問えば問うほど、海辺で観月に噛まれた傷痕が疼《うず》き、天使は無意識にうなじに手を当てた。あの行為が何だったのかは分からないが、天使の中で忘れ難い快楽として残り続けていた。観月本人が覚えていなくても、あれは自分と彼女だけの秘密なのだと思って――。

(観月……。その服は、凌悟ためのものなのか)

(俺がいない間に、どうして凌悟と二人で会っているんだ)

(俺がお前を青森に連れて行っていれば、こうはならなかったのか?)

(俺の方が、凌悟よりも観月のことを応援しているはずなのに)

「くそ!　何を考えているんだ、俺は……!」

今の今まで無自覚だった独りよがりな醜《みにく》い思考に吐き気がし、天使は電信柱に拳を強く打ち付ける。周囲の「あの人、大丈夫かしら」という視線などどうでもよくなるほどに、初めて感じる強い後悔や嫉妬《しっと》、苛立ちといった負の感情に戸惑いが隠せない。
天使は、認めてしまうことが恐ろしかった。浮き彫りになる己の感情を――。
(俺は観月にとって特別なニンゲンだと、そう思いたかったんだ)

第九章　すれ違いの油揚げ餃子

朝晩が涼しくなってきた九月の下旬――。

観月は日傘を肩と顎《あご》で器用に挟んだ状態で、郵便ポストと向かい合っていた。

「さぁっ！　お行きなさい！」

まるで、表彰状を贈呈するかのよう。観月は、両手で丁寧にＡ４サイズの茶封筒をポストの郵便物投入口に差し込み、その姿が見えなくなるまで瞬きせずに見守った。

その茶封筒の中身は、彩都ファッション専門学校を受験するための願書だ。

「願書ちゃん、頼んだよ！」

観月が生きてきた中で最も美しい字で書いた願書は、就職活動のエントリーシートのように書類選考にかけられるわけではない。あくまでも願書だ。

しかし、是が非でも受験に合格したい観月は、願書を付喪神《つくもがみ》に転じさせる勢いで教育した。出願する大安の日まで毎日願書に専門学校のパンフレットを読み聞かせ、

「都《みやこ》ルアンナ先生に気に入られてね～」などと、学長や主要教員の名前を教え込んだ。そして、夜は手作りの小布団で寝かせてやった。

その様子を見た父は「観月ちゃんが疲れすぎておかしくなってる！」と、母と東雲をすぐに呼びに行き、母は「願書さんが汚れないように、クリアファイルに入れてあげましょうね」と微笑み、東雲は「姉さん、それ北枕」と小布団の向きを変えてくれた。そして、最終的には父も「おはよう、願書ちゃん」と、願書に挨拶《あいさつ》をするようになった。

そういうわけで、観月は家族を巻き込みながら願書そのものに願をかけ、我が子を旅立たせる母親のような気持ちで送り出したのである。

おそらく、学長のルアンナ先生もびっくりのエリート願書に育ったはずなのだが、白沢には「努力の方向がおかしいよ」と、散々馬鹿にされた。けれど、観月は勉強以外にもできることは全てやっておきたかったのだ。

いよいよ、受験日のカウントダウンが始まる。九月末までが出願期間。十一月十一日が試験。運命の日までもう五十日余りしかない。

（こういう時は、神頼みもしとかないとね！）

神社にお参りに行こうと、観月は彩花町の住宅街を駆けていく。

だが、高校と大学の入試でも合格祈願をしたものの、願いは叶わず。だからこれまで参拝していた神社とは違う場所に行こうと、観月は少し足を伸ばして町の外れの神社——彩花神社にやって来た。

ところがその神社。彩花の名を冠する割には、住宅に埋もれるようにひっそりと佇んでいた。褪《あ》せているとはいえ、朱色の鳥居があるはずなのに、ぼんやりしていたら見落としてしまいそうなくらい影が薄い。スマートフォンの地図アプリがなければ、永久に辿《たど》り着けなかったかもしれない。

（こんな所に神社があったんだ。ちょっとボロっちぃ……）

観月は境内の柱の一本が異常なまでにひび割れていることに気がつくと、ご利益があるのか少し不安になってしまった。

だが、神社は神社。神様は神様だ。盛大にお参りさせてもらおうと、観月は財布から「十分ご縁がありますように」の十五円を取り出して、それを賽銭箱にポーンと放り込んだ。

「どうか、彩都ファッション専門学校に合格できますように！　それから、シェフと両想いになれますように！　ついでに白沢さんが時給を上げてくれますように！　あとは、東雲が立派なお医者さんになれますように！　そうだ、お父さんとお母さんがシェフと仲良くなりますように！　えーっと、それから……」

観月が願い事を唱え、これでもかというほど手を擦り合わせていると――。

「十五円では足りひんなぁ、鬼月ちゃん」

「観月さんでも、神様に祈るのね」

どこからともなくおじさんの京都弁《きょうと》とマダムの上品な声が降ってきたので、観月は驚いて飛び上がってしまった。

けれど、観月が知っている京都弁のおじさんと上品なマダムは各々一人ずつしかいないため、声の主はすぐに分かった。

(なぜいる！)

「伏見さん！　ミャーコさん！」

亀甲柄の着物姿の伏見稲荷と、ミモレ丈のワンピース姿のミャーコさんが境内の傍の柱の陰から現れ、こちらに向けて手を振っている。振っていない方の手には三色団子が見えたので、お茶会でもしていたのだろうか。

「い、今の見てたんですか？」

観月は二人に駆け寄り、そう言った。

誰も見ていないからと思いっきり願望を垂れ流してしまったことが、今更になって恥ずかしくなる。

しかし、目撃者が「願い事はありません」と断言してしまった相手である白沢でなかったことが、不幸中の幸いだろう。天使の魂を使ってまで叶えたい願い事はないのだが、観月の抱える願望などいくらでもあるのだ。もし、今のたくさんの願い事を彼に聞かれた暁には、ネチネチと嫌味を言われることは確実だ。

「とりあえず、専門学校の合格に絞っときいな。おっさん、ご利益プレゼントするで？」

「えぇ〜。伏見さんじゃなくて、神様のご利益がいいんですけど」

伏見のしょうもない冗談はさて置いて。

「彩都ファッション専門学校には本気で行きたいので、追加料金入れときます！」

観月は、大奮発の五百円玉を追加で投げ入れた。

それを見守っていたミャーコさんは、「貴女の志望校は難関校よね」と、悩ましげな声を出す。

「競争倍率が高いし、どの科にも面接、教養試験、感覚テストがあるわ。書類選考だけで入れてしまうような服飾の学校はいくらでもあるのに」

「よくご存じですね。さすがは元デザイナーさん」

「あら。有名な学校だもの」

ミャーコさんの言う通り、彩都ファッション専門学校入学は狭き門。経営を学ぶビジネス科、生産技術に特化したクリエイター科の二つの科があるのだが、特に観月が志望しているクリエイター科の人気は非常に高く、毎年涙を飲む受験生が星の数ほどいるのだ。

だが、それでも観月は彩都ファッション専門学校に行きたかった。

「小さい頃に、学長のルアンナ先生がデザインされたウエディングドレスをテレビで見たんです。赤と黒のゴシックドレスで、私、すっごく驚いちゃって！　白じゃなくていいんだーって！」

決してメディアに顔を出さない謎めいたデザイナーとしても有名なルアンナだっ

たが、幼い観月はその話題性以上に、彼女の突飛な発想と妖艶《ようえん》なデザインのドレスに強烈に惹きつけられた。純白のドレスの中でひと際目を引く赤と黒のゴシック調のドレス。「〝好きな時に好きな服を〟。秘すれば花を打ち破るデザイナー、都ルアンナ」という彼女の肩書きにも感激し、観月はルアンナの作る服の大ファンになった。

「私自身が正体を隠すために不自由だったから、余計に憧れちゃって」

「そう。だから、ルアンナの開いた学校に行きたいのね」

「はい！　自分らしくいられる服を作ることって、ステキじゃないですか！　型や流行に囚われない、その人を輝かせる服とか、新しい自分を発見できる服とか……！」

観月は胸の前でグッと拳を握りしめて熱弁をふるっていたが、話し終わってから、「あ、すみません。私ばっかりテンション高くて……」と少し恥ずかしくなって拳を引っ込める。居合わせただけの二人にとっては、あまり興味のある話題でもないだろうに、半ば無理矢理に語って聞かせてしまった。

だが、少なくともミャーコさんは楽しそうな表情を浮かべながら、手付かずの三色団子を「応援食よ」と一本くれたので、つまらなかったわけでもないらしい。

「動機を聞いたら、ますます応援したくなったわ。天使君との結婚式の衣装を作るためにも、頑張って合格してちょうだいね」

「ミャーコさん。前に私が話したこと、覚えててくれたんですね！」

観月は、もぐもぐと団子を食べながら嬉しくなった。嬉しい理由は、彼女が話した内容を記憶していてくれたことだけではない。

「私とシェフの結婚を推してくださってる！」

それが一番の理由。

「そうね。天使君の魂ごと、貴女にあげる。私にはもう必要がないから」

「私のために戦線離脱ですか？　ありがとうございます！　伏見さんも、この勢いでシェフのこと諦めてくれていいんですよ？」

あっさりと身を引く宣言をしたミャーコさんの違和感に気がつかず、単純に喜ぶ観月。しかし観月の冗談混じりの言葉に対し、伏見は大真面目に「そやなぁ」と頷いたものだから、一瞬聞き間違いかと疑ってしまった。

「えっ。本気で言ってます？」

「今ちょうど、ミャーコさんとその話しててん。天使君の魂、もう要らへんかなぁって」

「伏見さんまで、私のために……‼」

(私って幸せ者！)

だが、そう思ったのは束の間のこと。

伏見とミャーコさんは言いづらそうに顔を見合わせると、視線だけで「貴方が言って」、「ミャーコさん言うてください」と静かに会話を交わしていた。

不穏。誠に不穏。

そして、観月が「あの、何かあったんですか」と問いかけると、伏見が渋々といった様子で口を開いた。

「おっさんも理由分からへんのや。せやし、どうしようもないと思う。魂って、まだまだ謎だらけやし、うん」

「……つまり？」

「つまり……。天使君、〝堕天使〟にならはったんやわ」

(天使《てんし》が堕天使に？　いっ、意味が分からん！)

🎀🎀🎀

観月は、彩花商店街を駆け抜けていた。一刻も早く天使に会うために、〝封印の耳飾り〟を外して嵐の如く全力疾走だ。

（シェフ！　待っててくださいね！）

「うおぉぉぉぉー！」

観月は金色の閃光《せんこう》のように町を駆け抜ける。道行くニンゲンたちが、「つむじ風？」、「稲妻か？」と驚いていても気にしてはいられない。

伏見が言った「天使が堕天使になった」の意味はよく分からないが、いい意味ではないことだけは確かだ。二人が魂を不要と言うくらいなのだから、きっと天使の魂に良くない何かが起こったに違いない。

そして天使とは一週間近く会っていないので、観月はなおさら不安になっていた。彼が東雲と共に青森から帰って来たあの日以来、【ガーリックキッチン彩花】は臨時休業が続いているのだ。

観月はてっきりアルバイトの時に会えるだろう思っていたのだが、白沢から「聖司がＤＩＹをして手を怪我したから、もう一週間休業ね」とあっさり無給通告をされたのだ。

もちろん、「ＤＩＹ？」とつっこみたい気持ちと心配な気持ちでいっぱいだった観月は、天使に「お見舞いに行きたいです！」と直接メールを送っていた。

けれど返事は、「俺のことは気にするな」という一行のみ。

観月は正直、ちょっと冷たいなぁと思ってはいたのだが、ＤＩＹで怪我をしたことが恥ずかしいのだろうということで、己を納得させていた。

けれどももしかしたら、その時にはすでに天使の身に何かの異変が起こっていたのかもしれない。

（とにかく会おう！　まだ休業期間だけど、近くに来たついでに寄ったって言えばいいや！）

「こんにちはーーっ」

店のキッチンからヒトの気配がしたので、観月は天使がいると確信し、店の裏口から突撃した。

そこには予想通り料理をしている天使の姿があった。右手には菜箸、左手にはフライパンが握られていて、至って健康そうに見える。おそらく、ＤＩＹの怪我は治ったのだろう。

だが、問題はそこではなく――。

「観月……？」

観月のアポなし訪問に驚いた様子の天使だったが、彼の黒い瞳に生気が宿ったのは、ほんの一瞬だけだった。

「今日、店を開ける予定はないぞ。凌悟から聞いてないのか？」

天使は、手元のフライパンに虚ろな視線を落としていた。いつものイキイキとハイテンションな料理風景とは大きく違う。

（ＫＵＲＡＩ！　暗いよ！　何、この重苦しい空気？　お通夜？）

「いえ、バイトしに来たんじゃなくて……。私、シェフが心配で……」

観月は、天使に近づこうと一歩踏み出した。だが、一歩進んで二歩下がった。

「ぅっ！　おぇぇぇ……っ！」

突如、観月を襲ったのは激しい吐き気と動悸《どうき》、そしてめまい。立っていられなくなったため、口を押さえてその場にしゃがみ込む。この症状は、アレだ。アレしかない。

（ニンニク、臭いぃぃぃ……！）

天使が驚いて「どうした？」と声をかけてくれたが、応える余裕がまったくない。

観月は、フライパンから漂うニンニクの刺激臭に目を白黒させていた。

おかしい。いつも天使が作っているニンニク料理ならば、食欲をそそる美味しそうな香りがするはずなのに、これは量産型ニンニク料理の悪臭がする。

（量産型？）

どこかで耳にした言葉だ。

（どこで、誰が言ってたんだっけ？）

記憶を探ると、すぐに思い出した。高級外車の中で、白沢が口にしていた言葉だ。

『学生時代の聖司の魂は、量産型。ありきたりな色で、別に面白くもなんともなかったよ』と。

「量産型の魂……」

まさか……と、胸騒ぎがした観月は、「しぇ、シェフ！　フライパンを置いて、こっちに来てもらえますか……！」と、大声で天使を呼んだ。

天使は不可解そうに首を傾げたが、素直に一歩二歩と、勝手口に張り付いている観月の方へと近づいて来て――。

「すっ、ストップ！　ストップ！」

ヒト二人分ほどの距離になった時、観月は耐え切れず叫んでしまった。

（いやいや、待って。量産型なんかじゃない！）

観月にとって、「量産型」のニンゲンは無臭のはずだった。だが、今の天使から放たれる匂いは、かつての美味しそうな香ばしいソレとは真逆。

（すっごく不味そうに焦げた匂いがするんですけど！）

バーベキューで消し炭になった野菜だとか、錆《さ》びた鉄クズだとか、なんだかよく分からないが、苦そうで不味そうで食欲が失せるような匂いだ。これがあの天使の魂の匂いだとは到底思えないが、観月のそばには天使しかいないので認めざるを得ない。

（シェフの魂が不味そうな匂いになってる。これが、〝堕天〟？）

「シェフ、どうしちゃったんですかっ？　ＤＩＹで怪我しちゃったせいですか？」

観月は思い当たる原因を口にしたが、天使は眉間にシワを寄せて、「ＤＩＹ？」と逆に聞き返してきた。

(あれ、反応がおかしい。白沢さんの話と違う？　私、もしかして騙《だま》されてた？)

大いにあり得る。この一週間で天使の身に何かが起こり、白沢がそれを隠そうとしたに違いない。きっとそうだ。彼なら何か知っているはずだ。だって、白沢はいつだって何でも知っている雰囲気を醸しているのだから。

「シェフ！　白沢さんはどこですか」

「やっぱり、凌悟に用があったんだな」

「そうですね、急ぎの用ができました！」

「……二階の事務室にいるぞ」

観月は「ありがとうございます」と早口で礼を言うと、呼吸を止めて天使の前を走り抜け、店の階段を駆け上っていく。

だが、「あの桃石鹸マルチーズを問い詰めてやる」と息巻く観月は気がつくことができなかった。天使の少し寂しそうな顔と、彼の暗く冷たい感情に――。

　観月はドドドドォッと激しい足音を鳴らしながら、店の二階にある白沢の部屋に突撃した。するとそこに白沢の姿はなく、あるのは以前色々あったベッドだけだった。

「あれ？　白沢さん、いない」

　おかしいなぁと、室内を見回していると。

「勝手にヒトの寝室に入り込むなんて、マナーがなっていないね」

と、入り口から刺々《とげとげ》しい声が飛んできて、観月は「ヒィ」と慌てて振り返った。

　もちろん、声の主は白沢だ。

「僕の事務室は、寝室とは別。あ、もしかして欲求不満なの？　僕のベッドに入りたいのかな？」

「次にしょうもないセクハラ発言をしたら、爪で突き刺しますよ」

　観月はムッと白沢を睨みつけると、彼は「やれやれ」と肩をすくめながらベッドにストンと腰を下ろした。「君も座れば？」と勧められるが、呑気《のんき》に会話をする気はないので断った。

そして、厳しい口調で尋ねる。

「私の言いたいこと、分かってますよね？　シェフに何があったか教えてください」

「聖司？　ＤＩＹで手指骨折してたよ」

「分かりやすい嘘つかないでくれます？」

観月がますます語気を強めると、白沢は「怒るなよ」と優雅に脚を組み替える。

「聖司のために君を遠ざけていたのに。僕のとこなんかに来たら、余計に聖司の魂が穢れるだろう。馬鹿だな、君は」

「どういう意味ですか、それ？」

「俗な言い方をすると、堕天が進む、だね」

（出た、堕天！）

「堕天って、魂が穢れるって意味なんですか？　シェフの魂、すごく不味そうな匂いになってたんですけど、原因は堕天ってことですか？」

「あぁ。辞書的な堕天の意味は分かるよね？　神の創造物である天使が、嫉妬や高慢のような穢れた情によって堕落することだ。今の聖司の魂は、その状態」

白沢は小学生にモノを教えるかのように、大袈裟に手を使って説明してみせた。

言葉そのものは単純で明快。だが、観月には理解できなかった。誰だって嫉妬したり驕《おご》ったりすることはあるはずだ。天使だけが堕天してしまう意味が分からない。

「どうしてシェフだけが？」

「前に言ったね。聖司の魂は、アヤカシを惹きつける『空っぽ』なものだって。負の感情が極端に少なくて、とても清らかだと」

「言ってましたね。聖人の魂って」

「そ。ヒトを憎まないし、妬まない。自分のために怒らないし、悲しまない。他の誰かのためだけに悲しみ、願い、笑う――。それが、聖人の魂だ」

そして、アヤカシの願いを叶える力を持つ。白沢は、以前そう話していた。

「分かり易く、数字で説明してみよう。聖人の持つ理想的な魂を百点満点の百とすると、量産型のニンゲンの魂には多少の穢れがあるから、四十～五十点くらいの価値かな？　そして、聖人ルートを外れた聖司のソレは何点くらいだと思う？」

「えっ。えーっと、五十……？　違うか。それなら無臭になると思うし、三十点くらいですか？」

先生に当てられた生徒のように悩んで答えた観月を、白沢は予想通りと言わんばかりの顔で見つめてくる。ということは、不正解らしい。

「答えはマイナス百だ」

「えぇっ！　下がりすぎじゃないですか？」

「反動だね。そこまで堕ちてこその、堕天という呼び名だよ」

観月が信じられずに目を丸くしていると、白沢は「君だって、不味そうな匂いがするって言ったじゃないか」と言葉を繋ぐ。そして、悩ましげに眉間に指を当ててため息をつく。

「僕だって、責任を感じているんだよ。だから一週間、何とかしてみようと試みたけれど、まるで駄目だった」

「白沢さんのせいなんですか？」

貴様、よくもやってくれたなと食いつく観月に、白沢は「君ねぇ……」と頭を抱えて唸る。彼は何か言いたそうだが、敢えて言葉を呑み込んでいるように見え、観月はもどかしくなってしまう。

「つまり？」

「聖司に聞いてみなよ。ま、僕はロクに口も利いてもらえなくなっているけれど」

「白沢さん、シェフに嫌われるようなことしちゃったんですね」

観月、哀れみの眼差し。

「仕方ないですね。この観月様がひと肌脱いで、二人を仲直りさせてあげますよ！

そうしたら、シェフの堕天とやらも治りますよね」

ふふふと気合い十分の観月は、「任せてください」と白沢に恩を売る気満々だ。

呆れる白沢の視線など気にも留めない。

「堕天がなんだ！　焦げ臭いのがなんだ！　シェフは私のエンジェルですよ！」

「鬼月さん、簡単に言うけどさ……」

いつもは無駄に自信に溢れている白沢が弱気とは珍しい。

けれど、きっと大丈夫。

以前白沢本人が、天使の魂の色が変わったと言っていたのだ。ということは、たとえ堕天してしまっても、また魂は変化し得るということだ。

それが可能だと確信し、白沢の部屋を後にした観月は軽やかな足取りで階段を駆け下りたのだが――。

「うっぷ！」

（やばっ、忘れてた！）

店に漂うニンニクの刺激臭と天使の焦げ臭い堕天臭。観月は悪臭のWパンチに鼻をやられてしまい、キッチンの手前で急ブレーキをかけた。これ以上近づくと意識が飛ぶか、息が止まる。そう直感した。

だが、負けるものか。この程度でひよってはいられないと、観月は鼻を指で摘んで天使のもとへ突撃しようとした。

「しぇ――」

「俺、今からアルトゥーロの店に行って来る。ビーチバレー大会の打ち上げだ」

天使はせっせと手を動かし、料理を密封容器に詰めていく。宴会に料理を持参するらしい。

「そうなんですね。準優勝、すごかったですもんね！」

「あぁ」

……ものすっごい塩対応。

天使はあまりにも冷たくてそっけない。観月の方を見ようともしないし、口調も淡々としていて怖いくらいだ。機嫌が悪いというよりかは、むしろ観月を視界に入れないようにしているかのような、ピリピリとした空気を纏っている。匂い以上に近寄り難いことこの上ない。

そして極めつけは、抑揚のない去り際の台詞だ。

「じゃ、ゆっくりしていってくれ」

（ゆっくり？　なんで？）

店も休みだというのに、天使は観月が何をして時間を潰すと思っているのだろう。もしや賄いが用意してあるのかと尋ねようとした観月だったが、それより先に勝手口の戸がバタンと閉じられてしまい、一人ぽつんと残されてしまった。

（めっ、めちゃくちゃ感じ悪い！　私、何かした？）

気に障ることをしたのは、白沢ではなかったのか。観月自身に思い当たる節がなく、ただひたすらに戸惑いと悲しさが込み上げる。

それともこれが堕天の影響なのだろうか。魂レベルマイナス百は、伊達ではないのだろうか。もし、自分への好感度までマイナスの状態になってしまったのならば、事態は想像以上に深刻なのかもしれないと、観月は頭を抱えて悲鳴をあげた。

「うわーん！　私の恋路、ルナティックモードなんですけど！」

🎀🎀🎀

天使が堕天してからというもの、観月の日常はガラリと変わってしまった。【ガーリックキッチン彩花】の営業が再開し、アルバイトの内容は変わらないのだが、店にいること自体が苦しくなってしまったのだ。

（に、匂いが……、匂いがキツイ！）

「鬼月さん、体調悪いの？」と、常連のお客に心配されたが、鼻声で「だいじょうぶです」と答える。

だが実のところ、あれほど毎日美味しくいただいていた賄いも、食べたいなぁと羨ましく思っていたお客への料理も、ニンニク臭くてたまらない。そして天使の美味しそうな魂の香りも、今は焦げ臭くてたまらない。

悪臭対策として、観月は国連アヤカシアイテム課のみのりさんから〝デラックスノーズグリップ〟を購入し、その上からマスクを付けていた。効果の意味でも、見た目のカッコ悪さ的にも絶対にマスクを外すことができない。陸地にいながらシンクロナイズドスイミングで使うようなノーズグリップをしているなんて、控えめに言っても意味不明でダサすぎる。

もちろん、以前のように天使と賄いを食べることもできなくなっていた。

天使は一応、「賄い、食べるか？」と聞いてくれるのだが、ノーズグリップとマスクなしの状態で天使とテーブルを囲み、さらに食べたら即死しそうなニンニク料理を口に入れることは、今の観月には不可能だった。

そのため、毎度泣く泣く「お腹いっぱいなので遠慮します」と、腹を鳴らしながら返事をするのだが、その時の天使の「だよな」と言わんばかりの暗い瞳を見ることがつらくてつらくて、観月はいっそう泣きそうになってしまうのだった。

（ほんとはシェフの賄いが食べたいのに！　前みたいに、楽しい話もいっぱいしたいのに！）

「あげ豆腐、奥のテーブルに」

「はい」

何より悲しいことは、天使が終始そっけない態度であることだ。

観月は天使がコトンとカウンターに置いた皿を手に取り、しょんぼりとした気持ちを抑えて料理を運ぶ。

以前は、

「よし！　頼むぞ、観月大佐！」

「イエス、サー！」

というような、バカバカしいが愉快な遣り取りをしていたというのに、今となっては信じられない遠い過去の思い出である。あの楽しい時間はどこに消し飛んでしまったのだろう。

それに、白沢も店に顔を出さなくなってしまった。「僕がいると、余計にこじれるから」と言って、天使や観月と出会わない営業時間外に店に降りてきているようだった。

(前は、三人で楽しくやってたのに……)

アルバイト中は平常心を装わなければと、観月は自らを叱咤《しった》して声のトーンを上げた。

「伏見さん、お待たせしました！　ニンニクダレのあげ豆腐です」

「鬼月ちゃん。おっさんの前では無理に笑顔作らんでええよ。自分、相当参っとるやろ？」

あげ豆腐を頼んだのは、おじさん妖狐の伏見だ。彼は天使が堕天してからも、なぜか変わらず店を訪れており、こうして観月のことを気にかけてくれていた。

「今までどんなミラクルで平気やったか知らんけど、ヴァンパイアがニンニク料理屋でバイトせんでもええやん。自分、無理しすぎちゃう？」

「だって、シェフの近くにいたいんです！」

「いれてへんやん。見るからに、物理的距離と精神的距離が開きまくってんで？」

（む！　痛いところを突いてくる！）

「それは、私の企業努力で埋める所存です」

「どこの社畜ＯＬや。異世界転生してまうで……。前にも話したけど、おっさんはアヤカシとニンゲンの恋が上手くいくとは思てへんしな。傷つかんうちに引いた方がええで」

伏見はグイと日本酒を呷《あお》る。声だけは「ぷはーっ」と気持ちがいいが、彼のふさふさの尻尾は落ち込んだように床に向かって垂れ落ちている。

（多分、婚約してたニンゲンの女の子のこと、思い出してるんだ……）

伏見は、自身の経験したつらい思いを観月がしないようにと忠告をしてくれている。だが、それでも観月はこの一回限りの初恋の路を引き返したくはなかった。

「私、諦めの悪さと根性には自信があるんで！」

「昭和のスポ根漫画のヒロインなん？」

昭和のスポ根漫画を読んだことがないのでピンと来ない観月だったが、きっと悪い意味ではないだろう。とにかく努力あるのみだ。

🎀　🎀　🎀

現状に落ち込みつつも闘志は絶やさない観月は、自宅でもあれやこれやと活路を模索――町のイベント用の衣装を作るためにミシンをかけつつ、同時並行で天使との距離を縮める手段を脳内シミュレーションするという荒業を繰り広げていた。

「家族の笑える話を披露する？　……うーん、そんな空気っていうか、匂いじゃないなぁ。……電話なら、匂いを気にせず話せる？　いや、突然電話して家族の話はできないわ。……今日の賄いは何ですかって聞く？　ダメだ。私、今は食べれないんだった。なら、白沢さんを交ぜて日常会話を……。いやいや。あのヒト、お店に来ないし」

「姉さん、独り言ばっかりだけど大丈夫？　頭」

「東雲君？　ひと言多いよ」

古いミシンのゴゴゴゴーッという騒音の合間に東雲の声が滑り込んできて、観月は作業の手を止めた。

振り向くと、東雲がふすまを開けて堂々と観月の部屋に侵入してきているではないか。仮にも乙女の部屋だというのに、この弟はまったくもって容赦と遠慮がない。姉の本棚から大人の恋の聖典を借りパクするくらい、要らぬ肝が据わっている。観月が東雲に甘いせいかもしれないが。

「姉さん。また、天使さんのこと考えてたの？」

「そだよ。私の頭はシェフでぱんぱんだもの。みつき」

「いつから詩人になったのさ。冗談言ってないで、真剣に考えようよ」

かく言う東雲も、天使の堕天を良しとしてはいなかった。

東雲も観月と同じく、近寄りたくない天使のフェロモン――魂の気配には、かなり難儀しているようだった。東雲いわく、「せっかく店に行っても、居心地が悪くて帰りたくなる」そうで、最近はすっかり足が遠のいているのだ。その気持ちは、観月にも理解できる。

けれど、そんな東雲と観月には大きな違いがある。

それは、天使は東雲には笑顔を向けるということだ。以前と比べてテンションこそ低いが、天使は「青森の農家さんから手紙が来たぞ」、「今日の定食は自信作だ」などと、羨ましいくらい普通に東雲に話しかけているのだ。

「ずるい。ずるいよ、東雲だけ！　私、グレるよ？　学校サボって、ゲーセン行っちゃうよ？」

「宅学の浪人生がサボる学校はないでしょ」

観月、ぐうの音もでない。

「あのね、姉さん。ふざけてないで、自分が何をしたのか思い出してごらんよ」

「え、私、何かした？　シェフのあられもない妄想しかしてないよ」

双子姉弟で、そんな会話を交わしていた時――。

「みつきちゃん、しのく〜ん」と、開いたままのふすまの陰から母花見《はなみ》がひょっこりと顔を出したので、観月は慌てて口を閉じた。まさかニンニク料理屋のニンゲンのシェフの話など、母に聞かれるわけにはいかない。

「お、お母さん、どうしたの？」

「あのね、みのりさんがご挨拶したいそうなの」

母の後ろから、国連アヤカシアイテム課のセールスレディみのりさんが現れる。彼女が玄関より内に入って来ることは珍しいので、何事だろうかと観月と東雲は顔を見合わせた。

「突然ごめんなさい。アタクシごとですが、同じ部署の方と結婚することになりましたの。で、来月には相手の方の実家であるイタリアに――」

「結婚！　うわぁ、おめでとうございます！」

粛々《しゅくしゅく》と話し始めたみのりさんを食う勢いで、観月はパチパチと祝福の拍手を送った。

なんだかんだで、みのりさんとは長い付き合い。観月が物心つく頃から、みのりさんは鬼月家に訪問販売に来てくれていたのだ。だから、彼女の結婚報告は身内の祝い事のように嬉しかった。

「うっ、うぅ……。良かったですね、みのりさん！　私、泣きそうです」

「おめでとうございます。でも、もうウチに来てもらえないのは寂しいな。イタリア勤務になるんですよね？」

感情的になって騒ぐ観月とは逆に、東雲は至って冷静だった。

もうちょっと盛り上がろうよと口を挟みたくなる観月だったが、話はグイグイと前に進んでいってしまう。

「観月さん、東雲さん、感謝ですわ。アタシも寂しいですけれど、来月にはあちらの支部でセールスに励みますわ」

「式はされないんですか？」

「ウエディングフォトだけ撮りますわ。アタシ、身内がいないので、新郎のご家族に気を遣わせたくなかったのもので……」

「残念です。ボクはみのりさんの花嫁姿、生で見たかったのに」

「まぁ、東雲さん！　嬉しいことを言ってくださいますのね！」

「みのりさんとは長い付き合いですし、もう一人の姉みたいに思ってますよ。それに、婚活事情は耳が裂けるくらい聞かされてきたんですから」

「あら、嫌ですわ。旦那さんには、口が裂けても言ってはいけませんわよ」

(弟よ、いつの間にみのりさんの婚活事情なんて聞いていたんだ)

なんだかジェラってしまうぞと、観月は唇を尖らせる。

それはさて置き、みのりさんが「では、いつかイタリアに遊びに来てください
ね」と、結びの挨拶を口にしてしまったので観月は慌てた。

観月としてはみのりさんを派手に祝いたい気分なのに、このままでは何もできず
にお別れになってしまうではないか。それでは気持ちが収まらない。

「待って、みのりさん！　お祝いパーティしませんか？」

「いいえ、どうかお気遣いなく。派手事は苦手ですの……」

うわぁ、あっさり断られちゃった、と凹む観月。

だが、そんな観月にみのりさんは一つの依頼を持ちかけた。

「日本でやり残したことがありますの。観月さん、アタシとお料理してくださいま
せん？」

(料理？　なにゆえに？)

　観月はみのりさんを自室に招き入れ、料理をしたいという理由を詳しく聞かせてもらうことにした。

「日本でやり残したことが『料理』って、どういうことなんですか？」

「観月さん、笑わないでくださいね。実はアタシ、料理がとても苦手ですの。いつも、ルゥさん……、あぁっ、彼の名前ですわ。料理はルゥさんにお任せしているくらい」

　マスクで口元は見えないが、みのりさんは目を細めて照れくさそうにしている。実に微笑ましい。彼女の口から「彼」だとか「ルゥさん」だとか、パートナーを指す名詞が出てくるだけで、観月はにまにましてしまう。

「ふふふ。ルゥさんって、どんな方なんですか？」

　きっとルゥさんに手料理を振る舞いたいという依頼に違いないと、観月はにっこにこの笑顔で尋ねる。

（もうっ。みのりさんってば、可愛いんだから！）

「ルゥさんは狼《おおかみ》男のアヤカシで、ふわふわの耳と尻尾がたまりませんの。満月の夜は完全に狼になってしまわれますけれど、その姿も可愛らしくて」

「へぇ！　狼男さんなんですね！　日本ではあんまり見ない種族だ」

「えぇ。ご親族もヨーロッパに多いそうですわ。けれど、ルゥさん自身は日本語もお上手で……って、今、ルゥさんのことはいいのですわ！」

「えっ！　なんでですか？」

ルゥさんの話題をバッサリと切り上げるみのりさんに、観月は驚かざるを得なかった。これから楽しい恋愛トークをして、ルゥさんの大好物を作る算段を進めていくつもりだったのに、まさかの展開だ。

「ルゥさんに手料理を作ってあげるんじゃ……？」

「違いますわ。アタシ、日本でお世話になったアヤカシの方に、お礼のお料理を差し上げたいのですわ」

ほう、と観月は身を乗り出す。

来月にはイタリアに行ってしまうみのりさんだ。日本の恩人にお礼をしてから旅立ちたいという考えはおかしくはないが、敢えて苦手な料理で感謝の気持ちを示そうとは、なかなかのチャレンジャーだ。

「食べることがお好きな方なんですね」

「えぇ。美味しそうにお食事をなさる姿が印象的でしたわ。けれど、アタシではロクな料理が作れませんし、いいレシピも知りませんし……。だから、観月さんを頼らせていただきましたの」

（うぅん！　私、チャーハンしか作れないんだけど！）

せっかくみのりさんが頼ってくれたものの、力になれないかもしれない……と、観月は一瞬悩んでしまった。だが、そこでパッと頭に浮かんだのは天使の顔だった。

（シェフ、力を貸してくれないかな。私は嫌われてても、お客さん――みのりさんのためなら、協力してくれないかな……。えぇい！　尻込みしてる場合じゃない！話すだけ話してみよう！）

観月はみのりさんに「料理のプロに相談してみましょう」と提案すると、意を決してスマートフォンを取り出した。

天使に電話をすること自体が初めてで、緊張して指が震えてしまう。加えて、今の天使ならば、着信拒否もあり得るのではないかと思うと怖くなる。

「観月さん、顔色が悪いですわ。大丈夫ですの？」

「だっ、大丈夫です！　今電話するので、少々お待ちを！」

みのりさんを不安にさせるわけにはいかないと、観月は慌ててコールボタンを押した。わぁ、押した。押しちゃったよと、不安と緊張で心臓が破裂しそうである。

（たとえ堕天してたって、シェフはシェフ。料理が好きなヒト……のはず）

そして、トゥルルルトゥルルルトゥルルルルと、三コールした後に、「もしもし」という低い声が聞こえた。

（明らかにローテンションなシェフボイス！）

「みっ、観月です！　シェフ、実はお願いがありまして！　私の友人がお世話になった方に料理を贈りたいそうなんですが、料理があまりお得意じゃなくって……。もし良ければ、シェフに協力してもらえたら嬉しいなと」

観月は、相槌が一つも聞こえてこない状況で必死に説明を続けた。聴いてくれているのかな、スマートフォンを置いて昼寝でもしているんじゃないかと不安になるほどの静けさで、どんどん言葉尻が弱くなる。

「……私が料理上手だったら良かったんですけど、ご存じの通り全然ダメで。シェフなら助けてくれるんじゃないかと……、思ったんです……。はい……」

沈黙――。

（やっぱり、シェフは私のこと嫌いになっちゃったんだ……。だからきっと、私の頼みなんて、聞きたくないんだ……。うわ、みのりさんの前で泣いちゃうそう！）

涙目で俯《うつむ》く観月。けれど数秒間の沈黙の後に、再び天使の低い声が聞こえた。

「俺なんかで良ければ」

「わっ、わわわ！　いいんですか」

「……うん。やろう、料理教室。観月も来てくれるんだよな？」

淡々としているが、少しだけ柔らかくなった気がする天使の声。

観月は食い気味に「いぃぃぃいきまぁぁぁすっ！」と荒ぶった口調で返事をした。

（良かった！　きっと、シェフの根っこは変わってないんだ。優しくて、料理が大好きなシェフのままなんだ）

そして、「これから来てもらってかまわない」と天使が言うので、料理教室は一時間後に開催されることになった。

大袈裟かもしれないが、観月は天使と久々にまともな会話ができた気がして、血肉が湧き上がる心地になってしまう。みのりさんの願いにも沿うことができそうで、観月はホッと胸を撫で下ろす。

「みのりさん、もう安心です！　私のバイト先のシェフに料理を教わりましょう！」

「まぁ、嬉しいですわ！　アタシ、あの方の喜ばれるお顔が見たくって……。けれど、素材をそのままお渡しするのもどうかと思うでしょう？　だから、美味しいお料理にしたいと――」

「素材？　……あ！　そういえば、みのりさんが作りたい料理って、どんな料理なんですか？　そのヒトの大好物ですか？」

うっかり、天使に伝えることを忘れてしまったことを後悔しながら、観月はみのりさんに尋ねる。

和食かな、洋食かな、などと考えていると――。

「油揚げですわ！」

みのりさんは満面の笑みでそう答えた。多分、マスクの下の口が裂けるくらいの笑顔だ。

「あぶら、あげ……？」

「ええ！　昔は一枚そのままピラリを差し上げていましたけれど、それではあまりにも味気ないでしょう？」

「へ、へぇ〜……！」

（油揚げナマ食いするアヤカシって、何者だ？）

観月の疑問符だらけの顔に気がついたようで、みのりさんは「お狐《きつね》様ですわ」と言葉を付け加えた。

「アタシ、本当は十六歳の時にお狐様に嫁ぐはずだったんですの。貧しいお家を支えていただく条件での婚約でしたけれど、アタシはお狐様のことを心からお慕いしておりました。初恋でしたわ」

「お狐様が、初恋……」

「えぇ。アタシがニンゲンだった頃の話ですけれど。……でも、土壇場《どたんば》で父がそれを許さず、アタシはお狐様にご恩を返せないまま死んでしまいましたの。だから、形だけでもきちんとお別れがしたいのですわ」

好きでした、と伝えたい。ありがとう、と伝えたい。そうしなければ、イタリアで幸せになれないと思う——と、みのりさんの目は語っていた。

だが、しかし。

（あれ、あれれ？　どこかで聞いた話じゃない？　狐。十六歳。貧しいお家。お父さん……）

『土壇場で婚約破棄されてん。おっさん、悪役令嬢に転生したわけでもないのに、かわいそやない？』

『そこのオヤジに「化け狐に娘はやらん！」って、追い返されて、塩撒《ま》かれてん。娘に一目も会わしてくれへんかった』

記憶がサーッと蘇り、観月は心の中で「あーっ！」と叫んだ。

（みのりさん！　その婚約破棄の悪役令嬢は、伏見稲荷っていうおじさんです！）

🎀　🎀　🎀

観月とみのりさんが【ガーリックキッチン彩花】に到着すると、すでに天使が料理の下準備を始めていた。観月がメールで追って伝えたメイン食材――油揚げもきちんと用意してくれていたようで、調理台にたくさん並べられている。

「シェフ！　急なお願いを聞いていただいて、ありがとうございます！」

「よろしくお願い致します。美濃部《みのべ》みのりと申しますわ」

「こちらこそ。お役に立てればいいんですが」

観月は微笑む天使の姿に、もしや今までの天使に戻ったのだろうかと一瞬期待した。だが、それはみのりさんがいるからであって、天使の顔はすぐに三白眼の仏頂面に戻ってしまう。しかも、「このことは凌悟に言ってあるのか？」と、何のためかよく分からない質問をしてくるではないか。

「え？　白沢さんに言う必要あります？」

オーナーとはいえ、キッチンのことはすべて天使に任せている白沢だ。閉店時間中に天使が料理教室を開いたとしても、彼が怒るとは思えない。そもそも興味があるとも思わない。

すると天使は「まぁ、三人だしな……。いいか」と、勝手に納得して話を終わらせてしまった。いったい何が言いたかったのか、結局分からず仕舞いである。

「観月さん。なかなか強烈なお店で働いてらっしゃるのですね。シェフさんの魂は堕天されてますし、何より、ヴァンパイアの観月さんがニンニク料理屋さんにいるなんて……」

天使に聞こえない音量で、こっそりとみのりさんが話しかけてきた。事前に軽く説明をしていたとはいえ、やはり驚きを隠せないらしい。そりゃそうか。

「お願いですから、父と母には秘密にしてくださいね！　シェフが堕天しちゃって余計にカオスな状況ですけど、私自身は純愛の初恋なんで！」

「分かっていますわ。ニンゲンとアヤカシの禁断の恋、アタシは応援したいですもの」

（やっぱりアカンの？）

思わず、関西弁のつっこみが心の中で炸裂してしまった。

アヤカシとニンゲンの恋が「禁断の恋」だなんて、誰が決めたのだろう。それが大昔の偉いヒトが言い出したことならば、現代アヤカシ代表の観月が塗り替えてやらねばならない。

「シェフ！　油揚げで何を作るんですか？」

「油揚げを皮に使う餃子《ぎょうざ》……はどうかと考えていた。いいひき肉とニラが手に入ったからな。……どうですか、美濃部さん？」

「はい！　とてもいいと思いますわ！」

明るく話しかけたのに、天使の視線がするりと観月の隣のみのりさんへと滑っていく。寂しさが、観月の胸を衝く。

(うっ。また視界から追い出された)

悲しくて、観月はマスクで隠れた唇を黙ってギュッと噛みしめる。

天使が好きな料理を通してならば、きっとまた楽しい会話ができると思ったのに、と。

観月はそれでもへこたれるなと自分に言い聞かせ、諦めるなと鼓舞しまくる。

「まずは何からしますか?」

「油揚げの油をキッチンペーパーで軽く吸って、半分に切る。みのりさん、やってもらえますか? 観月は、こっちでニラを小口切り、玉ねぎをみじん切りに」

「承知いたしましたわ」

「はい!」

みのりさんは料理が苦手という割には手際がいい。観月が野菜を洗っている間に油揚げをまな板に並べ、気がつけばもう包丁を握っている。

私も急がなきゃと観月が焦っていると——、ふと包丁を持つみのりさんの手が止まった。手がふるふると細かく震え、緊張している様子が一目見て分かる。

「美濃部さん、大丈夫ですか？」

「……ごめんなさい。アタシ、包丁にちょっとトラウマがありますの。昔、父に口を切られてしまって……」

「えっ！　それは酷いですね……」

驚いて深刻な表情を浮かべる天使を見て、みのりさんは「あら、嫌ですわ。お気になさらないで」と笑い飛ばす。作り笑顔ではないことは見て分かった。

「傷跡は残りましたけれど、こんなアタシを綺麗と言ってくれるパートナーに巡り合えましたもの」

ルゥさんのことを考えたからか、みのりさんの手の震えは止まり、彼女は落ち着いて油揚げを二等分に切り分けていく。

（きっと、みのりさんとルゥさんは素敵なカップルなんだ）

観月の胸に、愛し合う二人への羨望と心からの祝福、そして伏見稲荷に対する切ない気持ちが浮かんで混ざる。

結局、みのりさんには「お世話になった初恋のお狐様」の正体が伏見ではないか、という話はしていない。

少なくとも観月は、伏見が幼いみのりさんをとても大切にしていたように感じるのだ。そんな彼の話を観月の主観で代弁し、これから幸せになろうとしているみのりさんに告げる勇気は持ち合わせてはなかった。

(私の口からは、とても言えない……)

みのりさんは、料理ができたらお狐様の神社にお供えすると言っていた。なので、まさかそのお狐様が今なおこの町で自由に活動中だとは思っていない様子だった。

(まぁ、いるんだけど。もし昔両想いだった二人が出会っちゃったら、どうなるか分からないし。ルゥさんを交えてドロドロの三角関係とか、すっごく困る!)

その時だった。

何の巡り合わせか分からないが、店の入り口の戸がガラガラー……と開き、もっふもふの耳と尻尾をしたおじさん妖狐が現れたのは。

「お邪魔しますぅ~。ええ酒買うたし、キープ用に置きに来たで~」

七宝《しっぽう》文様の着物姿の伏見が視界に飛び込んできたため、観月は思わず「マジか」と目を疑った。

（その柄の意味は「夫婦円満」……って、そうじゃなくって！）

観月は伏見を見てみのりさんを見て、また伏見を見てみのりさんを見た。ハッとした顔で見つめ合う二人を見て、あわあわと動揺を隠せない。まさか、トクベツな何かを感じ合っているとでもいうのか。今ここで感動の再会が起こってしまうのだろうかと、観月はハラハラしながら叫びそうになる。

「あ、あの、伏見さ……」

シュパッ。

切れたのは、野菜ではなかった。

よそ見と考え事をしていた観月は包丁を握っていたことを綺麗に忘れ、うっかり左の人差し指の背を切ってしまったのだ。

「ひやぁぁぁ～っ！　痛い！」

鮮やかな赤い血が流れ出てきて、観月は大慌てで手を引っ込める。幸い、野菜や調理器具に血は跳んでいないようだが、なかなか深く切れてしまったらしく、血がどんどん溢れてくる。

（見た目、えぐ！）

ヴァンパイアなのでニンゲンの何倍ものスピードで治癒するものの、天使がいる手前、それを気取られるわけにはいかない。いったんキッチンを出るほかないと判断し、観月は「離脱します」とその場を去ろうとした——が、観月の左手はグイと強引に捕まえられてしまった。

「手、心臓より上に上げて」

「へ？」

瞬きした間に焦った表情の天使の顔が間近に迫っており、驚いた観月の心臓は止まりかけてしまった。無駄な血を指へとプッシュポンプしている場合ではない。近い。吐息がかかるくらい近いのだ。

「薬箱、二階にあるから行くぞ！」

「は、はいぃぃぃっ？」

天使に左手首を掴まれ、顔の高さまで上げさせられるというおかしな姿勢のまま、観月は店の階段をダッシュで駆け上る。なんだこのハンドアップ走法。

階段から下を見下ろすと、こちらを見上げているみのりさんが、「ファイトですわ！」とグーサインをして頷いているではないか。

（いや、待って！　私はあなたのことを気にしてたんですけど！　ってか、このアホみたいな体勢勘弁して！）

逃げ出したい観月だったが、抵抗できないまま、あっという間に二階にある天使の部屋に引きずり込まれてしまった。天使の部屋には興味があったので、嬉しくないことはない。いや、むしろ嬉しいのだが。

（ここが、シェフの部屋……。本棚、ニンニクの本でいっぱい……。ごっついダンベル何個あるの……。無地の黒シャツ、めっちゃ干してある……。って、ぜんっぜん色気もドキドキもない部屋なんですけど！）

白沢の部屋と比べると生活感があって落ち着く感じはするが、もうこの時点でトキメキイベントの気配が消し飛んでいる。そして、天使の焦げ臭い匂いが充満しているため、マスク越しでも気分が滅入《めい》ってしまう。

（なんて残念なシチュエーション！）

ベッドに座らせてもらった観月は、負傷した左手を挙手するかのように高く上げ続けているし、天使といえば、ベッド下を泥棒のように漁って薬箱を探している。

「シェフ、浅い傷なので大丈夫ですよ」

「いや。かなりザックリいってただろ。傷口がえぐかったぞ。応急処置したら、近くのクリニックに行くからな。すごく評判が良い外科の先生がいるそうだ」

(それ、ウチの父親のクリニックなので、絶対行きたくないです！)

それよりも問題なのは、こうしている間にも観月の指の傷がどんどん治癒しつつあるということだ。ついさっきまでドバドバと噴き出していた血はすでに止まり、切れた部分もくっついて塞がり始めている。薬箱を探している間に傷が綺麗に消えてしまっていたら、いくら鈍い天使とはいえ、絶対に不審に思うに違いない。人外認定確定だ。

だから観月は絆創膏《ばんそうこう》を適当に貼って、天使をさっさとキッチンに戻らせたくてたまらない。

「あ。血、止まったかも〜。私、鞄に絆創膏を入れてるので、ペッと貼っときますよ〜！　なので、シェフはみのりさんの所に行ってあげてください〜」

「分かりやすい嘘をつくな」

(大佐、嘘じゃないです)

「ホントにホントなんで！」

「ちゃんと手当てさせてくれ！　お前に傷が残ったら、凌悟に顔向けできない！」

「なんで白沢さんが出て来るんですか！」

薬箱を発掘した天使が、観月を手当てしようと手首を掴む。

だが、絶賛治癒中の指を見られたくない観月は必死に抵抗して腕を引く。

「観月、指を見せろ！」

「もう平気です！」

「強がるな」

「強がってません！」

オモチャを取り合う子どものように、グイグイと腕を引っ張り合う。

(むぐぐぅっ！　まだ――、まだ両想いになってないから、私の正体を知られるわけにはいかない！　ましてや、シェフは絶賛堕天中なのに)

「いいって言ってるじゃないですかぁぁあっ！」

観月がグイッと力を入れて腕を引くと――、どうやら力を入れ過ぎたらしい。

ハッと気がついた時には、観月の手首を掴んだままの天使が宙を舞い、次の瞬間にはビターンッと床に叩きつけられて倒れていた。

（いっ、一本背負いしてしまった！）

「しえっ、シェフーーっ！　ごめんなさぁぁぁいっ！」

「うっ、うぐぐ……」

観月は大慌てで天使を助け起こそうとしたが、本人は「……大丈夫。受け身取ったから」と、非常に渋い表情で断ってきた。おそらく、これこそ強がりな気がする。

「シェフ、痛かったら病院に……」

鬼月クリニック以外の病院に限りますが。

「平気だ。……ごめんな、観月」

（いや、謝るのは私の方で――）

痛そうに立ち上がる天使は、しょんぼりと寂しそうな目で観月を見つめていた。

そして、おもむろに口を開く。

「ごめんな。俺なんかに触られたくないよな。お前には大切な奴がいるのに」

「えぇっ？　シェフ、何を――」

（それ、誰のこと？）

観月は、すぐにその言葉の本意を尋ねようとした。

けれど、いっそう強く立ち込めた天使の焦げ臭い堕天臭に呼吸が止まりかけ、声をあげることができない。「あ……、うぅっ」と、焦って喉から声を搾り出すが、逆にゲホゲホとむせてしまい、そうしている間に天使はこちらに背中を向けてしまう。

「ま……って！　けほっけほっ！」

「傷、深そうなら言ってくれ。クリニックまでのタクシーを呼ぶから」

天使の抑揚のない台詞が観月にグサリと刺さり、ドアがバタンと閉じられた。それはまるで心のドアを閉ざされたかのように重たい音で、観月の耳の内で何度も悲しくこだました。

部屋に一人ぽつんと残された観月は冷たい床にずるりとへたり込み、長い髪をくしゃくしゃと掻《か》き回して「うぁぁぁ～……」と唸る。けれど、誰かが応えてくれるわけでもない。

（なっ、なぜこうなった？）

「もう、分かんない！　意味分かんない！」

（シェフを投げ飛ばした私のバカ！　なんか話の噛み合わないシェフのバカ！　な

んで冷たいの？　なんで寂しそうなの？　それ私の方なんだけど！　なんで堕天したら殺人級に焦げるわけ？　なんでニンニクもニンニクに戻るわけ？　ってか、そもそもなんで聖人の魂？　なんで堕天しちゃったわけ？）

「くそぉぉぉっ！　頭パンクするぅぅぅっ！」

ドヤ顔で、ニンニクの話をしてほしい。

一緒に美味しい賄いを食べたい。

服の話をいっぱい聞いてもらいたい。

頑張れって、応援してほしい。

笑った顔が見たい。

三白眼が細く柔らかくなる、あの可愛い笑顔を。

ここ最近、天使との仲を復縁するためにずっと悩み続けていたからだろうか。

プツンと「頑張る」糸が切れてしまった観月の瞳からは、勝手に涙がポロポロと溢れてきてしまった。それは天使が初めて会った日に「綺麗なトマト色」と褒めてくれた赤い瞳だったが、今は涙でいっぱいで見る影もない。

（シェフが「私」を肯定してくれたから、自分らしくなろうって思えたのに。あの時のシェフはどこに行っちゃったの……？）

🎀 🎀 🎀

「元気を出してくださいませ。きっと、間が悪かったのですわ」

紙袋を揺らしながら、みのりさんの目が優しく微笑む。おそらく、マスクの下の口も微笑んでいると思う。

紙袋には密封容器が入っており、その中身は出来立ての油揚げ餃子――天使料理教室の成果物だ。

負傷者扱いの観月は途中から見学するしかなかったのだが、みのりさんはちゃんと料理を作り上げ、試食もそこそこに油揚げ餃子を例の「お世話になった初恋のお狐様」のいた神社にお供えしに行こうとしていた。

観月はお供えするも何も、そのお狐様は店に来ている伏見なのではないかと思っていたのだが、ところがどっこい。二人とも、楽しそうに初対面の会話を交わしていたのだった。

「美濃部と申しますわ。ルーツは岐阜県《ぎふ》の美濃《みの》らしいのですけれど、アタシ自身の地元はこの辺りですの。あなたは関西のお方？」

「おっさん？　京都やで。名前も伏見稲荷やし。はんなりしとるやろ？」

天使との気まずい空気に押し潰されそうになりながら、観月はそんな二人を観察していたのだが、二人が「あの時のあなた？」と気がつく気配はない。

そもそも観月の思い過ごしだったのか。それとも長い月日が二人を遠ざけているのかは分からない。そして、観月がそこに踏み入ることなどできなかった。

「……初めての恋は、とても尊いですわ。観月さん」

神社に向かう道中、「大丈夫ですよ！」と空元気をかましていた観月の心を見抜いたらしい。みのりさんは、優しい声で落ち込んでいる観月を包む。

「だって、たった一度しかありませんのよ？　口では説明できないような憧れ、夢、希望、恋慕の情……。後からは経験できないハジメテの感情ですわ。観月さんは、それを悲恋に変えてしまってはいけませんわ」

「みのりさん……」

悲恋という切ない響きが胸を貫く。

ニンゲンとアヤカシの恋は成就しないと言っていた伏見。ニンゲンに寄り添えるのかと問うたミャーコさん。分厚い壁を作って離れてしまった天使――。

この初恋を諦めてしまう理由なら、いくらでもある。

だが、アヤカシに恋をした元ニンゲン――みのりさんは、初めから観月を応援してくれていた。死と共に諦めた自分の恋を託すという意味もあるのかもしれないが、彼女の言葉は泣き出しそうな観月の胸に温かく染み込み、熱を与えてくれた。

「私、シェフと両想いになったら、ヴァンパイアだってことを伝えるって決めてるんです。シェフなら、それでも受け入れてくれるって信じてるから。困難ばかりの初恋ですけど、それでも私は叶えたいと思ってます」

「それでこそ、観月さんですわ！」

まだ何の進展どころか後退しかしていないというのに、みのりさんのおかげで観月の胸はスッと軽くなっていた。先ほどまでの暗い気持ちはどこかに消え失せ、顔を上げて笑うことができる。

それに、みのりさんだけではない。観月の恋を応援してくれているヒトは他にもいる。期待していると言ってくれたミャーコさん。デートのために気合を入れてエステをしてくれた深雪。東雲だって、ニンゲンとアヤカシの恋を肯定しているではないか。

だから、簡単に諦めたらダメだ。

（シェフときちんと話そう。避けられても、焦げ臭くても。前みたいに一緒に笑い合えるように――）

みのりさんに連れられてやって来たのは、彩花神社――観月が合格祈願のために訪れていた神社だった。相変わらず柱にヒビが入っているような古びた神社で、ひっそりと存在感のない寂しい場所だ。しかし、みのりさんは愛おしそうな眼差しを神社全体に向けていた。

「ここがお狐様の？」

「そうですわ。生きている間は、よくここでお狐様と遊びましたの。……アタシ、またお狐様に会えるんじゃないかと、アヤカシになってからも来てはいたんですけれど……」

　みのりさんは「会えなかった」という言葉を口にはしなかったが、寂しそうな目がそう告げていた。

　アヤカシは地縛霊《じばくれい》ではない限り、その場に留まることはないし不死でもない。だから神社からお狐様がいなくなっていても何の不思議もないのだが、それでもみのりさんはここに通い続けていたと言う。

　一目会いたい――、そんな想いがみのりさんの胸には今日までずっとあったのだ。

「さぁ、油揚げ餃子をお供えしますわね。観月さん、ニンニクの香りがすると思いますから、〝デラックスノーズグリップ〟をしっかりなさって」

「はい……！」

　みのりさんは密封容器から紙皿に油揚げ餃子を綺麗に移すと、そっとそれを境内に供え置いた。そして口を覆い隠すマスクを外し、両手を合わせる。口の端は刃物で切り裂かれ、耳の近くまで至る痛々しい傷となって残っているのだが――、観月は彼女の顔を醜いとも恐ろしいとも思わない。恋をして幸せになろうとするみのりさんは、身も心もとても美しい女性だ。

「お狐様。たくさん助けていただいたのに、あなたとのお約束を守れなかったこと、本当に申し訳ありませんでした。……あなたへの未練でアヤカシに転じたアタシですが、この度婚姻をすることとなりました。どうか……、どうかみのりの門出を見守ってくださいませ」

みのりさんが、小さな声で祈りを捧げた時だった。

彩花神社に色づきかけた木の葉がふわりと舞い上がり、その葉の中から着物姿の青年――琥珀色の耳と尻尾をした青年妖狐が現れたのだ。

「久しぶり。変わらないね、みのりちゃん」

「お狐様！」

みのりさんの言葉に、観月は驚きを隠せない。

お狐様が現れたこと自体はもちろんのこと。それがおじさんの伏見ではなく、爽やかイケメン男子の姿をしていたことが予想外だったのだ。

(だって、だってあのヒトは……)

観月は喉から出そうになった言葉をグッと飲み込むと、黙って二人を見つめた。

まるで時が戻ったかのような懐かしい空気が二人を包み、落葉も穏やかに舞い散っていく。すれ違い、切なく終わった初恋の香りが辺りに満ちる。

「みのりちゃん、これ、オレのために作ってくれたの？」

「は、はい……。油揚げの餃子ですわ。お世話になったあなたに食べていただきたくて……」

みのりさんがおずおずと皿を差し出すと、お狐様は油揚げ餃子を一つ二つと次々に口に入れ、もぐもぐと美味しそうに飲み込んだ。

その早さにはみのりさんも驚いたようで、「よく噛んで食べないといけませんわ！」とおろおろしているのだが、そんな彼女を見ることが楽しいのか、お狐様は愉快そうにククククッと喉を鳴らして笑っている。

「ご馳走様。美味しかったよ。約束破りの対価には足りないけど」

「それは、本当に申し訳ありません……」

「うそうそ。オレは、みのりちゃんが幸せなら十分。君の魂は、アヤカシになった今でも輝いて見える。その輝きがいつまでも続くのなら、オレはそれでいいんだから」

お狐様はみのりさんの頭を子どもにするソレのように優しく撫でると、うんうんと嬉しそうに頷く。

みのりさんの魂がニンゲンだった時――。それが聖人の輝きを放っていたとしても、アヤカシに転じた今、彼女の魂が同じように見えることはないはずだ。けれど、お狐様は「変わらない」、「輝いてみえる」と言った。きっとその言葉に嘘はないのだろうと、観月は思う。

「ありがとうございました。お狐様。……アタシは、あなたの幸せを祈っております」

「ありがとう。君の祈りはオレに力をくれる」

お狐様はそっとみのりさんの頭から手を引くと、それ以上彼女に触れようとはしなかった。

実ることのなかった初恋にすがりはしない。ただ、悲恋が淡くあたたかな思い出として形を変えたことが、二人を未来へと進ませる。

「さようなら。オレの可愛い花嫁」

再び秋の木の葉が神社を舞い包み、強い風が吹き抜けていったかと思うと――、もうそこにお狐様の姿はなかった。

「観月さん、ありがとうございます。最後にあの方にお会いできて、これで心残りもなくなりました」

「みのりさんの願いが叶って良かったです」

観月はみのりさんの晴れ晴れとした顔を見て、複雑な気持ちを胸に抱きながらも笑顔を返した。

みのりさんとお狐様が良ければ、この終わり方でかまわない。

けれど彼の優しさに気がついてしまった観月は、胸が締め付けられる思いがするのだった。

(本音を化かすのは、つらくないですか。伏見さん……)

🎀　🎀　🎀

観月が伏見稲荷に会いに行ったのは、翌日のこと。

夕暮れ時の彩花神社の境内に、観月と伏見は二人並んで腰かけていた。

「どうしはったん、鬼月ちゃん。おっさん、夕方のアニメ見なあかんねんけど」

「録画してください」

「ナマで見て、録画でまた見るのが大きいお友達のお約束やで」

なんてことのない会話をしつつも、伏見はなぜ観月がここに来たのかが分かっている様子だった。

だからだろう。彼は「何に」とは言わず、境内に舞い込んできた木の葉をひょいと拾い上げ、「化けるの上手いやろ」と呟いた。

「これくらいの見た目やないと、【灯籠《とうろう》組】の頭なんて務まらへん。おっさんは、祈られへんくなった寂しい妖狐たちを守らなアカンから」

伏見は、ボロボロの神社を眺めて自嘲気味に笑った。

観月の瞳に一瞬だけ、爽やかな相貌《そうぼう》の青年妖狐——お狐様が映った気がした。けれど、目の前にいるのは【灯籠組】の組頭であるおじさん妖狐だった。

観月は、以前父親から聞いたことがあった。

神社に住まう神様や神の使いは、ニンゲンの祈り——つまり信仰がなければ力を失い、アヤカシに転じることがあると。ニンゲンから忘れられ、信仰を得られなくなってしまった彼らに居場所を作っている団体こそが、妖狐職業管理団体【灯籠組】であると。

「アヤカシのみのりちゃんの祈りは信仰心には数えられへんけど、嬉しいわなぁ。やし、あの時だけトクベツサービスして、妖術解いたんや」

「でも……、でも、本音じゃなかったですよね？　だって、伏見さんは今でもみのりさんのことが……」

「引き止めたらアカンやんか。幸せになろうとしとる、あの子の邪魔したないやんか」

伏見の力強い物言いに、観月は押し黙る。

二度と変化の妖術を解く気がない伏見は、もうお狐様としてみのりさんと会う気はない。

生まれが京都であると偽った伏見を、もうみのりさんがお狐様だと気がつくことはない。

伏見は、みのりさんに想いを伝えないままにお別れをした。

「魂以外も全部好きやったって、認めてしもたらつらいやん。でもな――」

伏見は、木の葉をひらりと風に乗せて飛ばした。

みのりさんの所まで飛んでいけと、観月は胸の内で静かに祈る。

「あの子がおっさんを想ってアヤカシになったって聞いて、ほんまはアカンのやろけど、めっちゃ嬉しかってん。美味い油揚げの餃子も食えたし、おっさんは大満足や」

「……伏見さんは優しいですね」

「どやろ。単に、大人やからかなぁ。大人は諦めることに慣れてまうねん」

「それなら、私はまだ大人にはなれないです。伏見さんみたいに、好きな人の幸せを願って身を引ける優しさを私はまだ持てない。あのヒトを……、シェフを幸せにするのは自分だって信じてるから」

観月は、顔を上げてすくっと立ち上がった。

(伏見さんの選択を否定するわけじゃない。だけど、私は「好き」を諦めない。この初恋は必ず成就させるんだ！)

「なんかめっちゃ気合入ってはるけど、これからどっか行くん？」

「お店に。今夜は秋祭りですよ？」

「あ〜。今日やったか。楽しいできるとええなぁ」

伏見は張り切る観月にゆるりとした笑みを向けると、「ほな頑張り」と背中を軽く押してくれた。

観月は、力強く頷いて駆け出す。

「オレの分まで頼むよ」

そんなお狐様の言葉も追い風にして。

アヤカシとニンゲンの恋に反対していた彼が自分を応援してくれたことが嬉しく、さらに脚の回転は速くなる。

天使との関係を改善する打開策があるわけじゃない。いつだって観月は体当たりで、猪突猛進なヴァンパイアだ。

（それでいいじゃんか！　それが私だ！）

🎀　🎀　🎀

観月が彩花町を駆けていた頃。【ガーリックキッチン彩花】では白沢と天使が久々に顔を突き合わせていた。同じ屋根の下で暮らしている二人なのだ。出会わないようにすることの方が難しい。

「やあ」

「あぁ」

とりあえず、挨拶だけを交わした二人。静かな洗面所に景気よく流れる水音だけが響く。胸の内は、まったくと言っていいほど重苦しく気まずいのだが。

「あのさ、聖司。誤解があるようだから、言っておくけれど」

白沢は沈黙を破って本題を切り出す。

白沢の目には、天使の魂が濁って見えていた。以前は綺麗なガラス玉のようだった彼の魂の中に、ねじれた緋色《ひいろ》の太い線が滲み浮かんでいるのだ。まるで、失敗作の濁ったビー玉のようだ。

この濁り――堕天をなんとかしなければ、白沢の努力は無駄になってしまう。そして、どうにもできずお手上げ状態の今、これまでのように新たな聖人を捜しに行けばいいのだが、なぜだか今の白沢は、簡単に天使に見切りをつけることができずにいた。

(どう考えても潮時なのだけれど、なんだか僕も諦めたくないんだよね)

タオルを置くと、白沢は鏡越しに天使に話しかける。

「鬼月さんが作ってくれてた服だけれど、あれは個人的なものじゃなくて、今日のイベント用で――」

「観月のために、ちゃんと店に顔出せよ。可哀想《かわいそう》だろ」

聞けよ、おい。

舌打ちをしそうになる白沢だったが、これも堕天による負の執着だろう。やはり、自分と彼とでは会話すらままならない。僕としたことが大失態だと眉根を寄せていると――。

「凌悟、あのさ」と、天使が不意に改まった口調になり、その場の空気が引き締まった。

「親父から手紙が届いたんだ」

「ほとんど絶縁状態っていう、あのお父さん？」

「あぁ。親父から縁談話を持ち掛けられたんだが、真面目に考えてみたいと思ってな。だから、しばらく実家に帰ってもいいだろうか」

「えん……だん？」

白沢は、光のない天使の瞳を鏡越しに見つめ返す。彼の口から「縁談」などという言葉が飛び出したことが信じられず、聞き間違いではないかと数秒間フリーズしてしまった。

けれど、白沢の脳内で再生されるその単語は間違いなく「縁談」であり、「実家に帰る」と言ったこともそのままの意味でしかない。

「本気で言っているのかい？」

「こんなこと、冗談で言うわけないだろ。俺なりに、誰かに必要にされたいと……、そう思ったんだ」

「は？　無責任なこと言うなよ。店もやっと軌道に乗って来たんだ。何より聖司、鬼月さんはどうなるんだよ！」

そんなつもりはなかったというのに、白沢の声は無意識に荒々しくなっていた。悲しむ観月の顔が浮かび、いつものようにクールに振る舞うことができずに思わず唇を噛みしめる。

（彼女が泣く姿なんて、見たくない）

けれど、今の天使には白沢のどんな言葉も届かなかった。彼の感情を揺さぶることが、白沢にはできなかった。

「急で本当にすまない。俺の給与を返上するから、店の損失の補填《ほてん》に当ててくれ。代わりの料理人を雇ってくれてもいい。観月には……、凌悟から言っておいてくれ」

天使はそう淡々と言い切ると、顔をごしごしとタオルで拭いて立ち去ろうとした。

「逃げるなよ！」

白沢が吠《ほ》えるも、天使は少し振り返っただけだった。

「有休消化だ」

去り際の捨て台詞。

君の代わりは、どこにもいないのに。

(有休消化か……。とんだ免罪符だ)

秋祭りの当日にこんなことになるなんてと、白沢は堪らず舌打ちをしたのだった。

第十章　勇気をくれる炊き込みご飯

彩花秋祭りとは、この時期に彩花町で行われるイベントだ。艶やかな木々に囲まれた広場にたくさんの露店が並び、陽が落ちればライトアップが行われたり、花火も打ち上がったりと家族からカップルまで楽しめる地域行事である。

当店【ガーリックキッチン彩花】も祭りに便乗し、特別仕様の衣装で接客をしようということになり、観月は数週間前からメンバーの衣装を繕っていた。

ただし天使が堕天してから走り出した企画なので、彼に採寸をさせてもらうことも、衣装を作ると伝えることすらできていない。なので、七夕祭りの時に作った甚平の寸法を参考にしたのだが、当時よりも天使の筋肉量がアップしている気がして、サイズが合わないのではないかという不安が残っていた。

東雲は「もしサイズアウトしてても、きっと喜んでくれるよ」と観月を鼓舞してくれたが、万が一着ることができなかったら困る。秋祭りは観月、白沢、天使の三人で専用衣装を纏うのだ。天使一人だけ衣装なしでは疎外感が爆速し、堕天がいっそう深刻化してしまうかもしれない。

（大丈夫。またきっと、楽しいお店に戻るって信じてる）

観月は伏見と彩花神社で別れた後、三人分の衣装が入った紙袋をぶら下げて、【ガーリックキッチン彩花】にやって来た。気は進まないが、店に入る直前に〝デラックスノーズグリップ〟を鼻に付け、マスクで覆い隠して。

「観月、参上しました！」

明るく登場してみたが、天使の返事はない。うわ、スベっちゃった。恥ずかしいやと、観月が一人で苦笑いしていると――。

「電話に出ろよ、ヴァンパイア娘」

苛立った口調で二階から下りて来たのは白沢だった。

観月がハッとしてスマートフォンの画面を確認すると、小一時間ほど前から白沢の着信履歴が鬼のように残っているではないか。思わず、「げっ」と顔が引き攣《っ》ってしまう。

「すみません。まったく気づかず……。何かありました？」

「聖司が実家に帰ったよ」

「ジッカニカエル？」

そんなカエルがいるんですね、なんてつまらないギャグをかませる空気ではない。意味はそのまま。「実家に帰らせていただきます」だろう。

「えっ。うそ。そんな。ご家族のお誕生日祝いとか、親戚の結婚式とか、そんな感じですよね？　ね？　私をびっくりさせようとしてるだけですよね？」

動揺を隠せず、観月は衣装の入った紙袋を床に落としてしまう。どうか安心できる返事をくださいと白沢をすがるように見つめるが、彼は重たい息を吐き出しながら首を横に振った。

「縁談が持ち上がっているらしい。受けるかどうか、しばらく真剣に考えたいそうだよ」

「えええ、縁談？」

普通に生きていて、縁談って舞い込んでくるものなのか。もしや天使はイイ家のお生まれであらせられるのか。いやいや、今そんなことはどうでもいい。

「シェフが結婚なんてヤだ……。ご実家まで止めに行きます！」

「聖司の実家は京都だよ」

天使、まさかの関西人。

というか、遠い。ここ東京から「そうだ、行こう」と気軽に行ける距離ではないし、京都のどこにご実家があるのかも分からない。

白沢の言葉に絶&望。こんな強制終了ってあるのかと、観月は膝から崩れ落ちてしまった。

「うわぁぁん、シェフぅぅぅ……」

「泣くなよ。大人げない」

「私、まだ大人じゃないですもん」

ぽろぽろと涙を溢す観月。やりきれない表情で立ち尽くす白沢。

ガランと寂しいキッチンに大好きな天使の姿はない。

しかし――。

ピーッ。ピーッと、誰もいないキッチンから音がした。炊飯器のご飯が炊き上がった音だ。

「白沢さん。こんな時にご飯炊いてたんですか。空気読んでくださいよ。悲しみの渦中ですよ？」

「僕じゃないよ。僕は自炊なんてしないからね」

じゃあ誰だよと、二人はお互いの顔を覗き合うが、キッチンでご飯を炊く人物などこの店に一人しかいない。ハッとした二人がキッチンに駆け込むと、保温に切り替わった炊飯器のそばに愛想のない白い紙切れが置いてあった。

『二人への餞別《せんべつ》。ニンニク醤油《じょうゆ》の炊き込みご飯だ。ガーリックチップをかけて食べてくれ。天使』

「いや！　なんで私たちへの餞別？　逆じゃない？」

天使の意図が分からず戸惑う観月だったが、最後までニンニク料理を振る舞おうとしてくれた彼を、彼らしいと思わずにはいられない。彼が以前、「俺は仲間を元気にしたいからな。だから、たっぷりの旨い賄いを作ることを心がけているんだ」と話していたことを思い出し、観月の瞳が再び涙で滲んだ。

「シェフは今でも、私たちのことを大切な仲間だと思ってくれてる」

そして観月はマスクを外し、〝デラックスノーズグリップ〟を取り去り、下ろしていた髪を気合を入れてポニーテールに結い上げた。白沢から「何してるの」と訝《いぶか》しげに問われ、観月は笑顔を返すと――。

「賄いの時間ですよ」

ポチッと炊飯器の蓋を開ける観月。

「ちょ！　鬼月さん、危ないんじゃ……」と白沢が止めようとしたが、もう遅い。ニンニク醤油で味付けされた炊き込みご飯の香りがキッチン全体に広がり、ヴァンパイアの観月を包み込む。

「うっぷ……」

苦しい。動悸がする。めまいがする。手が痺れる。中華料理店の時のように気絶してしまいそうだ。

けれど、今だけは……と、観月はしゃもじに手を伸ばし、震える手で茶碗に炊き込みご飯をぼんとよそった。

「に、ニンニクチップ……かけて、ください」

「駄目だ。君が消えたら、聖司に顔向けできない」

青ざめた顔で首を振る白沢は、いつかの天使と似たような言葉を口にした。確か天使が言ったのは、「お前に傷が残ったら、凌悟に顔向けできない」だったか。

(あぁ。私、優しいヒトたちに出会えたんだな)

「ありがとうございます。おえっ……。でも、大丈夫です」

説得力の欠片《かけら》もないが、観月は心の底からそう思っていた。

天使が仲間のために心を込めて作ってくれた料理が、観月の命を奪うわけがない。

彼の料理はいつだって、みんなを「元気に、パワフルに、エネルギッシュに」してくれるのだから。

「……本当に困った子だな。君って奴は」

白沢が観月に根負けしたのか、それとも大丈夫と踏んでくれたのか分からない。けれど、彼はやれやれと肩をすくめて「医者を呼ぶ準備だけはしておく」と言いながら、炊き込みご飯にパラパラとガーリックチップと青ネギをふりかけてくれた。

ニンニクたっぷりの炊き込みご飯。具沢山の秋のご馳走。秋祭りにぴったりだ。

「い……、いただきます！」

カウンター席に行儀よく座り、両手を合わせる。

ここは思い出の席だ。天使と初めて出会った日に、観月はこの席でガーリックトマトスープを食べさせてもらったのだ。

（今日、キッチンにシェフはいないけど……。私はあなたのことを想って食べるよ）

観月は緊張した面持ちで箸を取ると、ニンニクたっぷりの炊き込みご飯を「えい！」と口に放り込んだ。もちもちとした食感の銀杏《ぎんなん》を感じ、様々な種類のキノコを感じ、とろける豚バラ肉を感じ――。

「んんっ！」


香ばしく刺激的な味と香り。

ドッドッドと鼓動が速くなる。

この胸の痛みは、あなたがここにいないから。

この涙は、あなたに会いたいから。

ニンニクは私の天敵だけど、あなたとの縁を結んだ食材だから――。

「勇気、いただきました！」

炊き込みご飯を一気にかき込むと、観月は再び手を合わせた。元気よく、赤い瞳を輝かせて。

「美味しかったですよ！　焦がしニンニク風味なお味で。ガーリックチップがいいアクセントになってて最高でした！」

「うそ……。君、本当に大丈夫なのかい？」

「シェフの料理ですよ。美味しいに決まってるじゃないですか」

本当は怖くて仕方がなかったことを隠して、観月は会心の笑みを返す。

未だニンニクからは殺人級の悪臭がするのだが、それでも料理を食べることができたという事実が嬉しかった。堕天していても、天使の根っこは変わらないと感じることができたのだから。

「白沢さん。やっぱり私、シェフの所に行きます！　自分の気持ちを伝えないと、一生後悔するから」

観月は勢いよく立ち上がると、走る準備をしようと編み上げブーツの紐をキュッキュと締め直す。とりあえず東京駅まで走って、新幹線に乗って京都を目指そう。

多分、何とかなる。為《な》せば成る。

「とりあえず東京駅まで走って、新幹線に乗って京都を目指そうだなんて、馬鹿じゃないの？　闇雲に行っても会えるわけがないだろう」

観月の心を読んだらしい白沢が、呆れたため息を吐き出す。けれど、少し嬉しそうに口の端が持ち上がっていた。

「聖司はまだ彩花町にいるよ。おそらく、彩花駅に着いている頃かな」

「え！　まだ近くにいたんじゃないですか！　どうして言ってくれないんですか、ひどい！」

「君が一度諦めたように見えたから」

白沢は猛抗議する観月に「悪かったよ」と謝罪を述べると、てきぱきと店の閉まりをし始めた。そして、観月が持って来た秋祭りの衣装の紙袋を拾い上げ、ズイと差し出してくる。

「僕が直々に送ってあげようじゃないか。支度しなよ」

「着替えてる時間なんて……。白沢号でも駅まで十五分くらいかかっちゃうのに」

「直々にって言ったろ？　一分で着くから安心して」

言っている意味が分からないのに安心できるもんか。

けれど、白沢からは有無を言わせぬ自信が溢れており、観月は彼に命運を託すことにしたのだった。

🎀 🎀 🎀

オレンジが溶けたかのような夕空。

その広く美しい空の中を観月は大きな白い獣にしがみついて飛んでいた。そう、飛んでいたのだ。

「ひぃぃぃぃぃーーっ！　高すぎるぅぅぅっ！」

黒のエプロンドレスが高速ではためき、観月の恐怖心を倍増させる。

屋根くらいの高さであれば、何度も跳んだ経験がある。けれど、さすがに空を飛んだことはない。地上が遥か遠く、彩花町がミニチュアのように見える。落ちる想像をすると即気絶してしまいそうだし、着替えたばかりのバーテンダー風ワンピが凍るのではないかというほど空気が冷たい。

「助けて、白沢さん！」

「手を離さなかったら大丈夫さ」

澄ました白沢の声が、大きな白い獣から聞こえてくる。

白沢凌悟の真の姿――ハクタクだ。

中国にいたとされる万物の知識に精通した獅子《しし》のアヤカシ。白い身体に九つの瞳を持つという伝説の神獣――、それが白沢の正体だった。

「白沢さんって、マルチーズのアヤカシじゃなかったんですね！」

観月は、必至に白沢のもふもふした毛にしがみつきながら叫ぶ。このように切迫した状況でなければ、もっともふもふを堪能するというのに。

「前に言っただろう。僕は神々しいって」

「神々しくもふもふでした！」

観月がはしゃいだ口調でそう言うと、一番近くにあった胴体の瞳がこちらを見て、きゅうっと細まった。どうやら笑っているらしい。

「ハクタクってこんな感じなんですね！　父がハクタクはレアな種族だって言ってました。国連にも一人しかいないらしくて。えっと、確か事務局ちょ――」

「その秘密は、また今度ね。着いたよ、彩花駅」

白沢は観月の言葉を遮ると、グンと高度を下げて夕空を舞い降りる。そして高度十メートルほどの高さになったところで変化を解くと、人気のない駅裏にシュタッとヒーロー着地をしてみせた。華麗である。

一方の観月は花壇に突き刺さるように着地してしまい、大慌てで花を直していた。コンクリートでなくて幸いである。

「すごい。本当に一分で着いた！」

「僕は嘘をつかないからね。この借りは、今度身体で返してよね」

「セクハラです！」

「労働だよ。馬鹿だな。早く行って」

白沢に促され、観月は弾かれたように飛び出す。「ありがとうございました！」と振り返って大きく手を振ると、グレーのベストに黒のシャツ、そしてロングエプロンというイカしたバーテンダー姿の白沢も、黙って手を振り返してくれた。

彩花秋祭りの【ガーリックキッチン彩花】の衣装のテーマはバーテンダー。観月は、シェフである天使に秋祭りの衣装を届けるのだと心に決めて走り出す。

（シェフがいないと、【ガーリックキッチン彩花】じゃない。シェフがいないと、私は私らしくいられない！）

白沢は、超特急で改札に飛び込んで行った観月の背中を見送っていた。堕天した天使の気配がホームからするので、きっと二人は会えるだろう。

まったく寂しさがないと言っては嘘になる。

けれど、それ以上にまた二人の笑顔が見たい。願わくば、自分も共に笑いたい。

「大丈夫。僕の夢も、君たちの夢もまだ終わっていない」

🎀🎀🎀

観月がダッシュで駅のホームに駆け込むと、すぐに見つけた。焦げ臭い匂いを放つ、逞しい長身の黒髪三白眼の男性。無地の黒いTシャツに薄手のニットのカーディガン姿の彼は、誰もいないホームの椅子に腰かけて電車を待っていた。

観月は天使が「カーディガン」を「ガーディアン」と勘違いしていたことを思い出し、つい思い出し笑いをしそうになってしまう——が。

笑っている場合ではなかった。東京駅行きの電車が出るまで、あと三分。しかし、なんと観月は天使と反対側のホームに来てしまっていたのだ。

（逆ぅぅぅっ！　私のバカ！）

今から反対側のホームに移動しても、ギリギリ間に合わないような広くて高低差のある構造の駅であることが憎い。出て来い、設計者。

やばい、どうしようと焦った観月は、何か使えそうな秘密道具はないかと鞄やポケットをがさごそと探る。

「そうだ！　電話をかけよう！」

叫んでもいいが、天使にまで叫ばせてしまうのは申し訳ない。よし、電話だと、観月はスマートフォンを取り出し慌ててコールした。

トゥルルルル、トゥルルルル、トゥルルルル……。

三コール目で天使が着信に気がつき、スマートフォンを取り出すのが見えて、観月はまず一安心した。無視されたらどうしようかと気が気ではなかったのだ。

「もしもし」

低く、抑揚のない声が聞こえた。

「シェフ。私、観月です。今、向かいのホームにいます」

メリーさんかよ！

セルフでつっこむ観月。メリーさん、もしくはホラーなストーカーじゃないか。

案の定、天使は眉根を寄せて困惑した表情を浮かべていた。きょろきょろとしながら観月を捜し、見つけたら見つけたで戸惑った顔をしている。ショックだが、視力がニンゲンの数倍ある観月にはばっちり見えてしまっている。

「なぜ、観月がここに？」

「白沢さんに聞いて、白沢さんに送ってもらいました！」

「なら、凌悟と帰れ。俺にかまう必要はないだろう」

白沢の名前を出すと天使の眉間のシワがいっそう深くなり、刺すような視線が観月に注がれた。

この一匹狼キャラへの転向は、堕天による影響なのだろうか？

だが、「かまうな」と言われても、観月はそう簡単に引き下がることはできない。きちんとはっきり話す、そう決めたのだ。

「私、シェフとどうしても話がしたくて」

「俺は、もう会わないつもりだった」

「どうしてですか。どうして、そんな寂しいこと言うんですか」

完全に暖簾《のれん》に腕押し、ぬかに釘状態。今すぐにでも、電話を切られてしまいそうな気配すらある。

けれど数秒間の沈黙の後、天使はためらいがちに口を開いた。

「観月と凌悟が……お似合いだからだ」

天使の力ない一言に、観月はスマートフォンを握りつぶしそうになった。今自分がしているであろう驚愕の表情には、これまで使ったことがない筋肉が使われているに違いない。

「おに、あい……？」

天使の言葉の意味を理解しようと、彼の今の発言と過去の言動が脳内にプレイバックされる。

『観月と凌悟が……お似合いだからだ』

『やっぱり、凌悟に用があったんだな』

『お前に傷が残ったら、凌悟に顔向けできない！』

白沢への謎の執着。過敏反応。落ち込んだ顔。
『ごめんな。俺なんかに触られたくないよな。お前には大切な奴がいるのに』
ポクポクチーンというヒラメキ音が、観月の頭の中にこだました。
(待って！　これってもしかして？)
予想外の特大寒波の発生に観月は戸惑わずにはいられない。

拝啓
ツンデレラな東雲君。シェフの寒冷化の原因が分かったかもしれません。
シェフは白沢さんラブで、私のことを白沢さんを盗った泥棒猫だと思っている可能性大です。
敬具

東雲への心の手紙を読み上げながら、観月は情報を整理した。
シェフは、白沢さんが好き。
Ｃｈｅｆ　ｌｏｖｅｓ　Ｍｒ．Ｓｈｉｒａｓａｗａ．
シェフは、白沢さんを愛しています。
観月は頭がおかしくなったのかと思うほど、この三文を数秒のうちに胸の中で反《はん》翕《すう》した。

もちろん、繰り返さなくても意味は理解している。

文字通り、きっと天使は白沢のことが好きなのだ。なのに（そう見られて不本意だが）、観月が白沢と仲良さげにしている様子を見て、二人が恋仲であると誤解した。

だから、嫉妬や失恋の悲しみによって堕天し、自動的に観月への好感度が急降下。泥棒猫観月に対して冷たい態度を取るようになったが、今でも白沢の幸せを願い続けている――に違いない。

（合点がいきすぎて、ヤバいんですが）

ヤバい以外の語彙《ごい》を失ってしまうほどの衝撃に、観月は震えながらスマートフォンを握り直す。手汗がヤバい。

白沢は以前、天使への恋愛感情を否定していたし、それは今も変わらないはずだ。ということは、必然的に観月と天使は独身エンド。報われない恋に涙して、旅立っていく……。襟立てトレンチコートを羽織り、夕陽をバックにそれぞれ町を去る自分と天使を想像し、観月は「そんなのって悲しすぎ！」と叫びたくなってしまう。

（で、でも待って。まだ私の思い過ごしの可能性もあるし）

観月はすがるような思いで天使を見つめ、おずおずと「シェフって好きなヒトいますよね？」とスマートフォンに話しかける。

天使は予想の斜め上をいく話題に驚き、しばらく答えるかどうかを迷っている様子だった。だが、居住まいを改めて視線を上げた。

「うん……いる。好きな奴」

やっぱりいるんだ――！　と、観月は目を大きく見開いて天使を見つめた。

天使はそのヒト――白沢のことを想ったからか、わずかに黒い瞳を輝かせていた。

彼の気持ちは分かる。観月も、天使のことを考える時はいつも楽しいのだから。

「ど、どんなヒトか聞いてもいいですか？」

「……色白で、細い」

（白沢さんだ！　あのヒト、私より白いし腰もくびれてるし！）

「料理を美味しそうに食べてくれる」

（白沢さんだ！　シェフの料理に惚れ込んで、お店に誘うくらいだもん！）

「運動神経がいい」

（白沢さんだ！　ビーチバレーで大活躍だったし！）

「お洒落だ」

（はい、高級スーツ出ました！　白沢さんだ！）

「応援したくなる」

（うぅん、多分白沢さんだ！）

話を聞けば聞くほど、観月の脳内に白沢のキラキラしたスチル絵が浮かび上がる。

確かに白沢はハイスペックイケメンだ。インキュバスでもないくせにモテモテだし、敏腕経営者でもある。しかも、天使と二人で一つ屋根の下で暮らしているという、王道ラブコメ要素まで持っている。ラッキースケベどころの騒ぎじゃない。

だからこの半端ない白沢推しだって、何も不自然ではない。恋はいつどこで始まっていてもおかしくないのだ。

そして観月などでは、白沢には到底勝ち得ないだろう。

観月が「詰んだ」と心の中で絶句していると、今度は天使が「観月は？」と問いかけてきた。自分が聞かれたので次は相手に同じことを聞き返した――という形式的な問いではない。天使の瞳は、「本当のことを教えてくれ。凌悟なんだろう？」

と切に訴えている。

(その目、反則だよぉぉっ！　言うしかないじゃん！)

(天使聖司殿。ご所望とあらば、存分にお伝えしよう！　私が愛してやまないエンジェルのことを！)

「私にも、好きで好きでたまらないヒトがいます。すごく優しいヒトです」

「うんうん……」

観月の言葉に頷く天使。

「自分のやりたいことに全力で向き合うヒトです」

「うんうん……」

「背が高くて、顔がかっこいいです」

「だよな……」

「筋肉が素敵です」

「う……ん」

「料理が上手です」

「いや、うぅん？」

「お洒落に疎いです」

「うぅん？」

「普通にしていたら目つきが悪いです」

「んん……？」

初めは白沢のことをイメージしていたであろう天使だが、最終的には首を傾げながら目を瞬かせていた。おそらく、どう頑張って想像しても、白沢の美麗スチルは完成しない。当たり前だ。観月の想い人は白沢ではないのだから。

「凌悟じゃないのか？」

「凌悟じゃないです。私は絶賛片想い中のようなので」

観月は迷った。もし今ここで観月が告白したら、天使はきっと困ってしまうだろう。彼は優しいから、観月を傷つけたくないと心を痛めるだろう。

観月の一瞬の思考の合間に、天使が「じゃあ……」と言葉を紡ぐ。

その後に続く言葉を聞いて、観月はとてもとても後悔をした。

「じゃあさ、俺を応援してくれないか？　凌悟と好き同士じゃないんなら、俺の恋を応援してほしい。観月が諦めるなと言ってくれたら、俺は頑張れるから」

「シェフを……応援？」

（う、嘘でしょ……？）

照れくさそうに頬を掻く天使は、見ているだけでキュンとする可愛さだ。萌える。推せる。瞼の裏に焼き付けたい。

だがしかし、言葉の内容は死刑宣告。

観月を白沢ルート応援団長に任命するなんて、なんて残酷なお願いだろう。

驚きとショックで言葉を失い、口を金魚のようにパクパクとさせる観月。

この短い時間で、天使の白沢への一途な想いをたっぷりと見せつけられ、如何《いか》に自分が眼中にないかを思い知らされてしまった。これはもう、本当に入り込む隙がない。というか、そのアクションすら封じられてしまった。

（でもヤだ。そんなのヤだ！　だって私は……！）

ためらいの沈黙の後、観月は唇を震わせて言った。

「ごめん、なさい……。私、シェフの恋を応援できません」、と。

自分は、なんてひどい奴なのだろう。伏見のように、大好きなヒトの幸せを祈ることができない自己中だ。天使の悲しむ顔を見たくないと思いながらも、肝心なところで自分を優先してしまう最低な奴。

「私なんて、シェフを応援する資格もない」

こんな場所まで追いかけてきておいて、大切な天使を傷つけてしまうなんて。

大粒の涙が観月の瞳から零れ落ちる。

(だけど、私はシェフのことが大好きだから……！　他の誰よりも、シェフのことを幸せにできるって信じてたから……！)

恋の駆け引きに失敗した観月のウブな乙女心は、切なくて痛くてたまらない。切り裂かれて悲鳴をあげている。

(さようなら、私の初恋……。シェフ。応援はできないけど、どうか白沢さんのことを諦めないでください)

言おうと思った言葉は、最後まで口にすることができなかった。

けれど、その代わりに飛び出した言葉は、想いの詰まった告白だった。告げずにはいられなかったのだ。

「私がシェフの恋を応援できない理由は――」

スマートフォンを耳から離し、観月は腹の底から大きな声で叫ぶ。

「私、シェフのことが大好きなんです！」

届け、私の想い。

届け、秘密の初恋。

たとえ、儚く散ったとしても。

言い切った途端、スゥっと鼻が通り、甘い香りが鼻孔をくすぐった。失恋の香りにしてはけっこう甘い香りだが、少しは悲しさが和らぐのではないかと思う。

いや、やっぱり和らぐもんか。失恋がこんなにも悲しいなんて、これっぽっちも想像していなかったくらいに悲しいままだ。

(寂しい。心が痛い。立ち直れる気がしない。私が聖人だったら堕天してた)

天使をこれ以上困らせてはいけないと、観月は慌てて涙を袖でぐしぐしと拭った。

完成したばかりのバーテンダー風ワンピースのエプロンに涙がたくさん染み込み、着てきたことを後悔するほどに。

ところが——。

「ありがとう、観月。なら、俺は立候補するよ」

(何に？)

町内会長？　それともPTA会長？

想像していなかった天使言葉に驚き、慌ててスマートフォンを耳に当て直すが、なんとそのタイミングで電車がホームに入って来てしまった。ガタンゴトンと揺れる電車の騒音に通話を遮られ、肝心なところが聞こえなかったではないか。

「待って！　行かないで、シェフ！」

この電車は、天使を遠くへ連れて行ってしまう。もう二度と手が届かない場所へと。

「そんなの嫌だーーっ！」

観月は乱暴に〝封印の耳飾り〟を取り去ると、コンクリートを蹴り上げ、力いっぱい跳んだ。電車を飛び越え、反対側のホームにいる大好きなヒトめがけて。

宙にいる数秒間、観月はオレンジ色と闇色と溶け合う夕空を見た。

境界が曖昧な秋の空。だからこそ惹かれる美しい空だった。

天使と出会い、彼を好きになった春。

彼を知ることでもっと好きになった夏。

そして今。秘密を乗り越えて、観月は彼と共にありたいと願った。

巡って来る冬も、その次の春も、夏も、秋もずっと――。

「私はシェフと一緒にいたい！」

観月の涙が星のように空で煌めき、心の叫びが彩花町の夕空に轟《とどろ》いた。


シュウウーッとドアが閉まり、静かに電車は走り去って行く。

ホームにいる二人――空から降って来た観月を抱き留めた勢いでぐるぐるとその場で数回転している天使と、彼にしがみついている観月を残して。

「シェフ！　シェフ！　どこにも行かないで！」

「わ、分かった！　分かったから、落ち着いてくれ。観月」

天使は、驚きのあまり三白眼がまん丸になっていた。そして驚きすぎたために腰が抜けてしまったのか、観月を抱えたままドスンとホームに尻もちをついてしまう。

けれど、彼から嫌悪の感情は見られず、むしろ「何から言えばいいんだろうな」と可笑《おか》しそうに笑っている。

「私から、いいですか？」

観月は、天使の腕を掴んで軽々と彼を起き上がらせた。〝封印の耳飾り〟は大ジャンプ中にどこかに落としてしまったようだが、かまわない。天使には、もう秘密を隠さないと心に決めたのだ。

「実は私、ニンゲンじゃないんです。ヴァンパイアなんです」

天使がハッと息を呑むのが分かり、観月の心臓はぎゅんと縮こまった。大丈夫。大丈夫だからと自らに言い聞かせ、拳で胸をドンッと強く叩く。

「瞳も赤いし、八重歯も尖ってるし、爪もほっといたら凶悪に伸びます。馬鹿力だし、海水とか十字架とか太陽にも弱くって、ニンニクを食べると基本的に消し飛ぶらしいです。あと時々、強烈に血が飲みたくなります。だけど……。だけど、私はニンゲンでガーリックシェフのあなたに恋をした。ヴァンパイアだけど、私はあなたのことが大好きです」

全部、全部、全部、打ち明けてしまった。

ずっと秘めていた観月の想いと正体を。

フラれることは分かっているし、そもそもこちらはアヤカシなのだ。拒絶される覚悟もできている。

思い切って告げたら、すっきりしたかもしれない。これでもう、思い残すことはない。多分。

観月が胸の中で「THE　END」という英単語を思い浮かべているそばで、当の天使といえば、何と言葉を返したらいいのか迷っている様子だった。そして、

「アヤカシって……。ヴァンパイアって、本当にいたんだな」と、ようやくぽつりと小さな声が出たかと思うと――。

「関係ない。ニンゲンだろうがヴァンパイアだろうが、俺は観月の恋人に立候補するよ」

天使は、真っすぐな瞳で観月を見つめて言った。

立候補。町内会長じゃなくて？

「私の……恋人に？」

ぱちぱちと目を瞬かせる観月の頬に天使の長い指が触れ、涙の跡を拭っていく。

そして、観月が「えっ？」と驚きの声をあげるよりも早く、今度は天使の手のひらが頭に優しく乗ってきた。

温かくて大きな手。美味しい料理を作る逞しいその手が、観月は大好きだった。

「俺が好きなのは観月だ」

天使の三白眼がきゅうっと優しく細められる。

観月は何が起こっているのか理解ができず、一瞬ぽかんと固まってしまったが、すぐに弾かれるように頭が回転し始めた。

「わ、私のことを好きって……？」

「うん。観月が好きだ」

力強く頷く天使。夢ではないかと混乱する観月。

二人の間の空気は、もはやピリピリとした気まずいものでも、吐き気がするような焦げ臭いものでもなかった。そういえば、しばらく前から甘くて美味しそうな香りが満ちていたではないかと観月はようやく気がつく。

（あれ、うそ？　堕天臭がしない！）

「甘い……」

観月の頭をわしゃわしゃと撫で回す天使からは、不快な匂いは消えていた。以前の香ばしく食欲をそそる匂いともまた別の、とろけるような優しい香りが溢れ出ているのだ。

「俺のこと、大好きって言ってくれてありがとう。俺は観月の恋人になれるだろうか」

「そっ、そんなの即当選の即採用ですよ！」

天使に「そうか！」と頭をさらにわしゃわしゃされた。わしゃわしゃされすぎて、摩擦で煙が出そうになっていたため、観月は天使の手を両手で捕まえ胸の前で包み込む。

「私、さっきからずっと、シェフのことを話してたんですよ」

「え。目つきが悪い奴って、俺だったのか！　凌悟を歪《ゆが》んで捉えているのかと思ったぞ」

「そんなバカな！　シェフこそ、白沢さんのことを言ってたんじゃなかったんですか？」

「なぜ、俺が凌悟に惚れていることになっているんだ？」

せっかくの告白が白沢凌悟の名前で圧迫されていき、印象がとてつもなく薄れていく。

なんだ、この笑ってしまうシチュエーションは。格好がつかないにもほどがある。

しかし、「お似合いになれるといいんだが」と、照れくさそうに微笑む天使の声を聞くと、小さな戸惑いなど遥か彼方に吹き飛んでいく。

全細胞が歓喜の声をあげ、観月を「おめでとう！」、「コングラッチュレイション！」と祝福している気がして、意識が飛んでしまいそうな夢見心地がする。

でも、夢ではない。この赤い瞳に映っているのは現実だ。

(嬉しい！　嬉しすぎる！　まさかシェフとお付き合いできる日が、こんなに早く来るなんて！)

つい先ほどまで沈んでいた気持ちが跳ね上がり、暗かった表情がパッと明るく輝く。

好きになってもらえたことが幸せでたまらない。

両想いとはこれほど胸が躍《おど》り、熱くなるものなのか。

「灼熱の太陽に焼かれてる気分かも」

そして、観月はハッと思い出した。

「縁談……！　どうなります？」

「断るよ。当たり前だろ」

天使の胸にぎゅっと抱きしめられて、観月は「よかったぁ」と、思う存分胸筋に頬ずりをした。あぁ、ついにこの日が来るなんて。幸せの絶頂とはこのことか。ここが噂の天国か。

「シェフのご実家って、由緒正しいお家柄だったり？　縁談が来るようなお家ですもんね」

いつかご挨拶しに行っちゃうもんねとウキウキしながら尋ねる。

（なんだろう。政治家一族とか、伝統芸能の一家とか？）

「ああ。うちはな――」

一秒後。想像を超えた天使の言葉に、観月は恐れおののき震え上がった。

「〝アヤカシ祓い〟の家なんだ」

「アヤカシ祓い……？」

「伝統やらなんやらで少し面倒な家だから、周りには秘密にしていたんだが、真剣に付き合うんだ。観月には話しておかないといけないよな」

「ひみつ？」

「すまん。意味が分からないか。アヤカシ祓いは、アヤカシを退治する神職だ」

（むしろ、名前のまんまです）

「まぁ、俺自身には適正がないんだけどな！」

(適正があったら、とっくに私の正体見破られてるよね)

すごい勢いで脳内祝福部隊が撤退し、入れ違いに警告部隊が突撃してきた気分である。衝撃の秘密の告白に観月のライフはほぼゼロだ。

「アヤカシバライ？　カッコイイデスネ。ワタシ、イエガラナンテキニシマセンヨ」

観月、思わずカタコト喋り。

頭の中は、混乱の渦潮《うずしお》状態。避難勧告が鳴り止まない。

紙袋の中のバーテンダー衣装を見て喜んでいる天使を見つめながら、観月はもうワケが分からないぞと、開き直って笑うしかなかった。

これから観月天使号はどこに進んでいくのか。確実に言えることは、派手に海図を飛び出しているということだけだ。

「私の初恋、ウルトラ級にハードモードじゃん」

観月のため息は、バァァアーンと夜空に打ち上げられた大輪の花によってかき消されてしまった。

「綺麗……」

観月が思わず色鮮やかな花火をうっとりと見上げていると、「観月」と天使に手をクイと引かれた。

「帰ろう。【ガーリックキッチン彩花】に。凌悟にも謝らないと」

「はい！　あ、バーテンダーの衣装着てくださいね。シェフ、絶対にカマーベストが似合うと思うんです！」

「カマンベール？　チーズか？」

（あぁ、ほんとこのシェフは可愛いんだから）

シェフとなら、きっと大丈夫。

「観月となら、きっと大丈夫」

あ、声に出ちゃったと思ったが、それを言ったのは観月ではなく天使だった。

「そうですね！」と、観月は花火に負けない大輪の笑顔を咲かせたのだった。

秘密を越えたその先で、
　ヴァンパイア娘、ガーリックシェフと恋をする！

番外編

鬼月夫妻の秘密

ヴァンパイアの鬼月ヴァンとサキュバスの鬼月花見は、仲睦まじい夫婦である。

お茶目で甘い性格のヴァンと穏やかな性格の花見の間で喧嘩が起こるはずもなく、ご近所からは「麗《うるわ》しのおしどり夫婦」と呼ばれているほどである。

「麗しって……。娘としては恥ずかしいんだけど」

長女の観月は度々複雑そうな顔をするのだが、本当に麗しいのだから仕方がない。

ヴァンは煌めく金髪に碧眼《へきがん》（カラーコンタクト）、ワイルドな顎髭《ひげ》、彫りの深い顔、逆三角形の外国人体型という、ハリウッド俳優系イケオジ。

花見は艶やかな黒髪に大きな黒い瞳、セクシーな泣きぼくろ、モデルのようなナイスバディだが上品な雰囲気を醸している大和撫子《やまとなでしこ》。ちなみに外見年齢は三十歳で停止している。

（ワシはともかく、花見ちゃんはスーパー麗しいよね）

ヴァンは妻花見にベタ惚れであった。

元々は国連のイギリス支部で勤務していたヴァンだったが、日本出張の息抜きで寄った京都のキャバクラで花見に一目惚れをし、日本に移住したという経緯があった。当時、伝説のキャバ嬢とまで謳《うた》われていた彼女を口説き落とすには、イギリスからちまちまと店に通っている場合ではなかったのだ。ヴァンは数多くのライバルとの聖戦（貢ぎ合戦）を勝ち抜き、逢瀬（アフター）を繰り返し、そしてついに花見のハートを射抜いたのだが、ゴールインまでにかかった費用は記憶から抹消されている。

それほどに、ヴァンの花見への執着はすさまじかった。一度惚れると猪突猛進。自分が彼女を幸せにするのだと信じて疑わない系ヴァンパイアである。夫婦生活十九年の今でこそ、溺愛《できあい》の風潮は落ち着いているが、ヴァンは今でも花見のことが大好きだ。

今日も今日とて妻ラブなヴァンは、大学病院での出張オペを終えると、まっすぐに自宅を目指していた。

（仕事が早く終わったし、花見ちゃんとカフェにでも行っちゃおっかな〜）

ヴァンは花見のスケジュールを思い返し、今日は何のサークルの予定もなかったはずだと一人で頷いた。

花見はフラワーアレンジメントやお菓子作り、料理といったサークル活動を趣味としており、月の何日かは家を空けているのだ。料理サークルに通っているのに、得意料理がおにぎりから更新されないことはさて置いて。

ヴァンは花見とのデートで利用したことがある和風カフェ【甘味処きつね火和《びより》】をチラリと覗いた。空席があるようならば、先に自分が入店しておいて、後から花見を呼び出してもいいのではないかと考えたのだ。

ところがだ。

「はなみちゃん……？」

驚きのあまり、〝ミラクルカラーコンタクト〟が飛び出てしまうかと思った。なんと、店の中に愛しの花見の姿があったのだ。それも、若いアヤカシの男性と二人で楽しそうにしている花見である。

「誰、あれ！」

日本人顔でスーツを着た若い男性アヤカシは、花見の兄や弟、息子ではない。花見側の親族は全員把握しているのだから、ヴァンには分かる。

（ワシ、今日出かけるなんて聞いてない。ワシに内緒で男とカフェってどういうこと？）

ならば、もしや。いや、妻に限ってそんな……と、ヴァンはハラハラヒヤヒヤとしながら、花見に気がつかれないように入店した。確かめねば。ただの男友達であると。いや、友達でもちょっと嫌。だって内緒にされてるんだから。

「ようお越しになりました～」

「し～っ！　今、絶賛調査中だから、そっとしておいてくれる？」

ヴァンは店の入り口で青年妖狐に京風抹茶パフェを注文すると、花見がいるテーブル席の死角の席に素早く腰を下ろした。まるで気分は探偵。不本意だが、調査内容は浮気の有無である。

もちろん、ヴァンは花見のことを心底信用しているため、彼女が浮気をしているはずがないとは思っている。今朝だって、彼女はいつも通りほわほわと「お父さ～ん。洗面所タイムが長いわよ～」と、にこにこ笑いながらタックルをしてきたのだから。

けれど、ヴァンが聞き耳を立てていると――。

「こうしてこっそり会っていて、ご家族から怪しまれませんか？」

「うまくやっているから大丈夫よ～。疑われたことがないもの。太郎《たろう》君は心配性ね～」

謎の男と花見の会話が意味深というかアウトすぎて、ヴァンは「ちょっと待ちなさいよ！」と大声をあげて立ち上がった。浮気調査、秒で終了である。

「花見ちゃん！　ワシという夫がありながら……！」

気分は絶&望。花見に裏切られた悲しみと間男への怒りで、ヴァンはわなわなと震えていた。

一方、突然の夫登場に驚いた様子の花見と件《くだん》の太郎君。二人は、「お父さん！」、「相談役！」と同時に声をあげ、目を丸くしていた。まさか夫のヴァンがこんな昼下がりに現れるなど、これっぽっちも思っていなかったようである。

ヴァンはそんな二人に険しい表情を向けた。

「花見ちゃん。いっそ、ワシのことはいい。ワシに至らないところがあったわけだから。……でも、観月ちゃんや東雲に内緒でこんなこと、いかんでしょう！」

ヴァンが言うと、花見はとんでもないと首を横に振った。

「だめよ〜。みつきちゃんとしのくんには絶対に秘密にしなくちゃ。わたし、母親なんだから」

「この期《ご》に及んで隠し通す気なの？　ちょっと神経図太すぎない？　母親でありたいなら、正直に懺悔《ざんげ》しなさいよ！」

「懺悔って……。お父さん、わたしが悪事をはたらいたみたいに言わないで」

「悪事っていうか、……立派な悪事でしょう！」

なんだか会話が噛み合わない。普段からほんわかしている花見だが、決して非常識な女性ではないのだ。にも関わらず、彼女はこんなシリアスな場面できょとんと首を傾げているではないか。

「相談役。何か、誤解をされておられませんか」

夫婦の応酬に口を挟んできたのは、間男疑惑のかかった太郎君である。

太郎君はまだ幼さの残る顔だが、爽やかで人当たりの良さそうな青年に見えた。ヴァンと正反対の醤油顔イケメンである。

「むっ！　君がうちの花見ちゃんをたぶらかした間男ってことが、誤解だっていうのかな？」

「はい。誤解ですよ。ぼくのこと、覚えておられませんか？」

にこやかに微笑む青年の隣で、花見が「やだ。お父さんってば」と呆れた声を出しているが、ヴァンには何が何やら分からない。誰だこの子。こんな爽やか太郎知らないぞ。

「お久しぶりです。ぼくは太郎です」

「いや、それは分かってるんだけどね」

つっこみながら戸惑うヴァンに正解を告げてくれたのは、他でもない花見だった。

「お父さん。このヒトはわたしの担当編集さんの太郎君よ」

担当編集の太郎君。

その言葉によって、ヴァンの記憶が鮮烈に蘇った。

「え！　うそうそ！　太郎君って、小学生の外見で止まっちゃってる子じゃなかった？　坊ちゃん刈りのサスペンダー男子！　〝トイレの太郎さん〟！」

「トイレだなんて、恥ずかしいですよ。ぼく、ここ数年で成長して、〝編集部の太郎さん〟と呼ばれるようになったのに」

え。〝編集部の太郎さん〟って、どんな怪談なの？　というヴァンの疑問は、とりあえずはいいとして。

「ジャスミン先生の作品に関わることができて、ぼくは本当に幸運でした。先生の大ヒット作のおかげで、うちの編集部は一目置かれるようになりましたし、ぼくに至っては編集長のポストにまで……」

「わたしのおかげなんかじゃないわ。太郎君や編集部のみなさんの努力の結果よ〜」

ジャスミン先生こと花見が、太郎君に対して上品に謙遜《けんそん》する。

そう。それが花見の秘密。

実は花見は、ジャスミン名義でいくつかの書籍を出版しているのだ。キャバ嬢としてのノウハウや、恋愛テクニック、恋愛観などテーマは様々であるが、どの書籍もベストセラーでロングセラー。若いアヤカシ女子の聖典と呼ばれる名作ばかりなのだ。

そして、このことは夫のヴァンは知っていたのだが、観月と東雲には伏せられていた。なぜなら、書籍の内容がオトナ向けだからである。

「今日は、ジャスミン先生と打ち合わせをしていたんです。既刊を電子書籍化するに当たって、特典のエッセイを書き下ろしていただきたくて」

「あ、そうだったの？　な〜んだ。ワシ、勘違いしちゃったみたい。申し訳ない」

太郎君の説明を聞き、ヴァンはホッと胸を撫で下ろす。危なかった。危うく、悲しみと怒りに任せて店を壊滅させるところだった。

対して花見も、「もう！　お父さんってば、うっかりさんなんだから」と、ぷんと怒っているだけなのでセーフだ。

「そうかそうか。なら、ワシは黙って応援してるからね。花見ちゃん、ファイト！」

「えぇ。わたし、頑張るわ〜。だって、みつきちゃんとしのくんも読んでくれてる本なんだもの〜」

花見はクスクスと笑いながら、テーブルの上の紙書籍を色っぽい仕草で手に取った。

それは、娘がこっそりとアヤカシアイテム課から購入していた恋愛指南本——『年上鈍感男子を堕とす小悪魔テクニック百選』。

「花見ちゃんってば、ほんと小悪魔だもんなぁ」

「違うわ。サキュバスよ〜」

やれやれと肩をすくめるヴァン。穏やかな笑みを湛える花見。

自然といちゃぁ〜……な雰囲気が漂う二人は、やはり「麗しのおしどり夫婦」なのだった。

そして、「お邪魔虫はドロンします」と、抹茶パフェを平らげて去ろうとするヴァン。

そんなヴァンを太郎編集長が「待ってください！」と呼び止めた。

「相談役！　もしよろしければ、自伝をお書きになりませんか？　きっと、若い世代にバズる本になると思うんです！」

キラキラと目を輝やかせる太郎君は、イギリス時代のヴァンの過去を花見の口から伺い知っているらしく――。

「書いてみませんか？　〝エクソシストハンター・ヴァルヴァン〟の自伝を」

懐かしい異名だなぁと、ヴァンは苦笑いした。

それは、ヴァンがもっとも血の気が多かった頃の通り名であり、今となっては遠い過去そのものだった。

同時に、不安に揺れた花見の瞳と目が合った。

（大丈夫だよ、花見ちゃん）

ヴァンは花見に優しく頷きかけると、冗談めいた声調で太郎君にこう答えた。

「ワシは鬼月ヴァン。鬼月家の婿養子で、双子のパパよ？　そんな物騒で厨二病《ちゅうにびょう》な肩書き、恥ずかしすぎて勘弁だってば」と。

そして、追加で念を押しておく。

「ヴァルヴァンの名前は、娘と息子には秘密でよろしく！」

麗しのおしどり夫婦の秘密は、今日も守られたのだった。

ヴァンパイア娘は相合傘がしたい

秋の彩花町を激しい雨が襲っていた。

横殴りの豪雨と強風。町中のポスターを吹き飛ばし、放置自転車を派手に横転させる世紀末のような気候は、まさに秋の嵐。雷もゴロゴロと鳴っている。

そんな悪天候の中を、観月はビニール傘にしがみつくように歩いていた。

（ひぇぇ～！　ミスった～！　こんな日に図書館に来るんじゃなかった～！）

後悔先に立たず。

小雨だから大丈夫だと、高を括《くく》って出かけてしまった数時間前の自分が憎い。

観月は専門学校の受験に向けて、気分を高めようというだけの理由で図書館にやって来たのだが、帰り道で暴風雨に襲われてしまい、燕尾服《えんびふく》風ワンピースが濡れに濡れて大変残念なことになっている。

「いるのか分かんないけど、風神と雷神のバカヤロー！　新しく作ったワンピだったのにぃっ！」

空に向かってギャンと叫ぶと、とんでもない豪風が空間を抉《えぐ》るように吹いてきて、観月のビニール傘を勢いよくひっくり返した。

風神と雷神の怒りを買ってしまったのだろうか。

傘死亡のお知らせと同時に、観月は防御力ゼロの状態で雨の中に放り出されてしまった。もう勘弁してよと叫びたい。

このままでは、鞄の中の参考書が濡れてしまう。それはまずいと雨宿りできる場所を探して歩道をびしゃびしゃと駆けていると、ちょうどよくコンビニエンスストアを発見した。

観月がそこに避難しようと入り口の自動ドアに近づいた時――。

「あ、観月……！　奇遇だな」

自動ドアの内側から現れたのは、天使聖司だった。

今日はグレーの無地のロングTシャツに黒のカーディガンを羽織っているので、思わず「季節が変わったんだなぁ」としみじみしてしまった。そして、こんなところで偶然に会えたことに運命を感じずにはいられない。やはり自分たちは赤い糸で結ばれているのだと、観月はキラキラとした視線を天使に向ける。

「シェフ！　会えて嬉しいです！」

「ストレートに言われると照れるぞ」

むず痒そうに頭をポリポリと掻く天使は、つい先日「好きだ」と告白してくれたばかりの観月のほやほや彼氏だ。まだ恋人らしいことは何もしていないのだが、今のように観月の素直な気持ちを受け止めてくれるというだけで、心の距離がグッと縮まったように感じられる。

ちなみに顔には出にくいものの、天使が観月関連で嬉しくなったり照れたりすると、とびきり甘ったるくて美味しそうな桃色の香り――名付けてデレ臭がぶわっと溢れて来るので、観月はにまにませずにはいられない。これが幸せの香りというやつだろう。

だが、当の天使は観月のにまにま顔よりも、びしょ濡れ状態の全身を見て目を丸くしていた。

「観月、びしょ濡れじゃないか！　傘が壊れたのか？　こんな日に外に出てくるなんて、どうかしているぞ！」

「言い方がひどいですよ～！　朝はここまでの雨になると思ってなくて。バイトがお休みだから、図書館で勉強してたんです。っていうか、シェフだって大雨の中外出してるじゃないですか！」

「仕方ないだろ。新作のガーリックバター醤油豚丼が発売したと聞いて、今日食べねばと思ったんだ」

「それ、仕方ないですか？」

観月は天使の手首からぶら下がっているエコバックを笑いながら見つめた。

おそらくソレは観月が食べたら死に直結する可能性が高いブツだが、ニンニクが大好きな天使にとっては、休日のお楽しみランチなのだろう。共感できないことが残念でならないが、とりあえずニンニクオタクな天使が可愛い。

そして、天使は入り口にある傘立てから自分の傘を抜き取ると、「家まで送るよ」と観月の手を掴んで引き寄せた。

彼の予想外な動作に観月の心臓は跳ね上がり、「え、えええっ？」と変に裏返った声が出てしまう。なんだこの流れるようなイケメンアクションは。

「俺の傘、まぁまぁでかいから二人でも入れると思う」

「え、あわわ……っ！　はい……！」

（こ、これは少女漫画で有名な相合傘イベントじゃない？）

天使の少し照れの混じった視線と、驚いてまん丸になった観月の視線が重なる。

彼がこんなキュンとする行動ができたのかと、失礼ながら思わずにはいられない観月だったが、これは願ってもない申し出だ。状況がそうさせたという言い訳ができる、ナチュラルイチャイチャ展開に持ち込めるのではないだろうか？

ムキムキの腕にガッツリしがみついちゃおうかな、などとお花畑な妄想をしていると――。

バッと天使の黒い傘が開くと同時に、観月は「ん？」と目を瞬かせた。

目が合ったのである。傘と。

「…………っ！」

傘の真ん中辺りに大きな一つ目がぎょろりと覗いており、不機嫌そうに観月を睨みつけていた。そして、その一つ目の下から赤く長い舌をべろべろと垂らしているではないか。

（アヤカシ――唐傘《からかさ》小僧……？　いや、黒傘レディだ！）

かの有名な日本アヤカシ唐傘小僧は、唐傘に一つ目、長い舌、下駄を履いた一本足のイメージが強い。

だが目の前のソレは、瞼に突き刺さるのではないかというほど反り上がった長いまつ毛をしている。おかげでとんでもないオトメヂカラを発揮していることから、小僧ではなく女性な気がする。「アタシが見つけたご馳走なんだから、失せなさいよ！」と言わんばかりの視線と、黒い傘の柄、もとい足も細い上にハイヒールを履いているので尚更だ。

(まぁ、今は小僧だろうがレディだろうが、どっちでもいいんだけど……！)

「さぁ、行こう」

「え！　その傘はちょっと……」

入りたくないです、という言葉を飲み込む。というか、天使に黒傘レディを差させるわけにもいかない。

アヤカシが感知できない天使には、この気色の悪いアヤカシ傘は普通の傘に見えているに違いないのだが、数分後には天使の魂をさらっていってしまう危険性のあるものだ。ようやく堕天が終わったかと思いきや、以前よりもアヤカシに狙われている彼は、まったく目が離せない彼氏で困る。

（私の出番だ！）

観月は魂狙いのアヤカシになんて負けるものかと胸の中で息巻くと、「私が傘を持ちます」と、天使の手から強引に黒傘レディを奪い取って歩き出した。女性のナマ足首を掴んでいる感覚がして、大変気持ちが悪いがここは耐えるしかない。

「俺の方が背が高いぞ」と、戸惑う身長一八八センチの天使に、観月は「持ちたいんです！」と無駄に強く言い放つ。

観月の傘を持つ右腕はピーンと伸びきっており、それでも天使は若干屈んだ体勢だ。しかも観月が少しでも気を緩めれば、天使の頭がすぐに傘にめり込む。誰がどう見ても、「傘を持つ人、逆じゃない？」とツッコみたくなる状況であり、どこがイチャイチャな相合傘だと問われれば、まったくそんな絵面ではない。

「観月、あの……」

「今、集中してるんで！」

堪らず交代を申し出ようとする天使の言葉を遮る観月。

観月は魔力を込めた手のひらで、ぎゅうううっと黒傘レディの足を握っていた。もちろん、へし折るつもりで。

だが、黒傘レディも負けてはいない。足を妖力で覆い、全力で防御を固めている。雨空の下、ヴァンパイア娘VS黒傘レディの無言で地味な戦いが繰り広げられているわけだ。

(むぐぐ……、むぐぐぅっ！　や、やりおるぅぅっ！)

なかなか勝負がつかないことに焦り出した、ちょうどその時。

雷鳴が轟き、強い風が歩道を吹き抜けたかと思うと、風に煽られた黒傘レディが勢いよく裏返った。つまり、傘がひっくり返った。

「いやん！　勝負下着じゃないから、見ないでちょうだい！」

恥じらう乙女の声が頭の上から降って来ると同時に、黒傘レディは自ら観月の手から飛び出し、強風に乗って空へと舞い上がる。

(勝負下着……だと？)

傘型のアヤカシはパンツを穿いているのか？

妙に気になってしまう複雑な気持ちになりながら、観月は雨空へと逃げていく黒傘レディを見送った。

そして、勝利のゴングは観月のために鳴り響いたわけである。

「シェフ！　私、やりました！」

「え？　何がだ？」

ヒーローインタビューさながらにドヤる観月だったが、天使の言葉を聞いてすぐに我に返った。

黒傘レディを失った観月と天使は、目を開けていられないくらいの豪雨に直接晒されているのだ。雨音がうるさいせいで、互いの声すら聞こえづらい。

もう、相合傘どころの騒ぎではない。

「傘が飛んで行ってしまったな!!　店が近いから、店まで走ろう!!」

「すみません!!　私のせいで!!」

「かまわん!!　ほら、行くぞ!!」

叫ぶように会話を交わし、二人で手を繋いで水たまりだらけの道を走り出す。

跳ね返る雨水と降りしきる豪雨に襲われる。

だが、そんな状況でも観月は平気だった。むしろ、嬉しかった。

天使とならば、どこまでも走れる気がしたし、握っている彼の手を放したくなかった。

（シェフの手、大きくてあったかくて大好きだ）

チラリと見上げると、天使が三白眼を優しく細めて笑ってくれた。同時に、握る手の力が強くなる。

（この時間がいつまでも続けばいいのに……）

観月は、胸の中で少女漫画のあるある台詞を呟く。

だが、「この時間」はその直後終了することとなる――。


「ちょ……。こんな悪天候の日に、傘も差さずに何してるのさ。頭のイカれたバカップルなの？」

見覚えのある高級外車――白沢号が観月と天使のすぐそばに停まったかと思うと、運転席の少しだけ開いた窓から毒舌が飛んできた。毒舌の主は、もちろん我らがオーナー白沢だ。

「白沢さん!!　車に乗せてください!!」

「凌悟!!　乗せてくれ!!」

観月と天使が勢いよく後部座席のドアに手を伸ばす。

やはり、痛いくらいの大雨に打たれ続けることには限界があった。愛うんぬんの前に、身体が限界を迎えてはいけない。二人が数秒間で導き出した結論だった。

「雨、やばいです!!　助けてください!!」

「え。そのびしょ濡れ状態で、僕の車に？　普通にヤだよ」

「そう意地の悪いことを言わないでくれ!!　本業終わりで、店に帰るんだろう？　ついでだ!!」

「ついでにしては、僕の損害が大きすぎる」

乗車願いを出す観月と天使を険しい顔で拒否する白沢。

だが、三十回ほどそのような遣り取りを繰り返した後に、粘り負けした白沢は渋々車のドアを開けてくれた。

「今度から、風神と雷神の機嫌が悪い日は外出を控えてよね。危ないんだから」

「そうだな！　反省したぞ！」

白沢の言葉に、天使は明るく笑っている。

しかし、白沢が妖力の強いご長寿アヤカシであることを知っている観月は、同じようには笑えなかった。彼が言うのだから、きっとソレは事実なのだ。

（ひえーっ！　風神と雷神って本当にいるんだ！　バカヤローとか言ってごめんなさい！）

黒傘レディから助けて下さってありがとうございました。

観月は車の後部座席の天使の隣ですりすりと両手を合わせながら、心の中で風神と雷神にお礼を述べた。そして、追加でお祈りをしておいた。

（次は、イチャイチャ相合傘イベントさせてください。お願いします）

あとがき

『ヴァンガリ』二巻をお手に取ってくださり、誠にありがとうございます。

今回も、ウェブ版からたくさん加筆修正しております。観月が魔法（物理）で戦ったり、天使が特撮ヒーローを推したり、東雲のシスコンっぷりがパワーアップしていたり、白沢が拗《こじ》らせながらひと肌脱いで上裸になったり。ラストも違います。

とくに、遊園地編は書いていてとても楽しかったです。実は、編集さんからの「観月・東雲・天使の三人のデートがあってもいいのでは」というアイディアから生まれたお話です。ところが、最も注力したのがヤクミジャーの設定を練ることという。考えることが楽しすぎて小冊子くらいなら作れそうだなと思いながら、迫り来る締め切りと戦っておりました。日曜朝に該当チャンネルを見ておられる方ならば理解できるネタをちらほらと入れ込んでおりますので、気がつかれた読者様は同士です。

そして、先にあとがきを読まずにはいられないせっかちさんでなければ、本著のラストが物語の一つの節目であるとご理解いただけているかと思います。ちなみに、私はあとがきを真っ先に読んじゃう派です。

ラストめがけて、観月と天使の関係がグイグイッと進展します。観月にとっては大きな試練となるのですが、それを乗り越えた先で秘密の両片想いがどうなるのか、ぜひご注目ください。

最後に感謝を。

二巻刊行に踏み切ってくださったプティル編集部様、天使が白沢によって霞まないようにとご助言をくださった佐藤編集様、穴が開くほど見たくなる表紙絵を描いてくださった天領寺先生。そして書籍作りに関わってくださったすべての方。執筆を応援してくれた優しい家族と本著をお手に取ってくださった読者の皆様。

本当にありがとうございます。

ヴァンガリの続きという形で、また皆様にお会いできることを願っております。

ゆちば

WEBで話題のノベルをお届け！

プティルレーベル大人気作品

全国の書店で好評発売中

テレビドラマ化のコミックをノベライズ！

『小説　家政夫のナギサさん　上』

著：藤咲あゆな　原作：四ツ原フリコ

20代の花の盛りを仕事に捧げるバリキャリOLの相原メイ。周囲も一目置く仕事ぶりだが生活能力皆無で、せっかく購入したマンションも汚部屋と成り果てる。そんなメイが“お母さん力MAX”なおじさんの家政夫・鴫野ナギサを雇うことになって…!?

文庫判/ 650円+税

明らかになるナギサさんの過去とは――

『小説　家政夫のナギサさん　下』

著：藤咲あゆな　原作：四ツ原フリコ

ナギサは残業続きのメイの体調を心配し、必要以上に世話を焼いてくる。メイは様子のおかしいナギサと衝突し、すれ違いが続くふたり。彼のことをなにも知らないことに気づいたメイは、ナギサの過去が気になって…!?

文庫判/650円+税

強がり社畜女子 × 過保護な料理男子の飯テロラブ

『ストロベリー・ラブホリック ～甘やかし上手なお隣男子に餌づけされてます～』

著：黒乃梓

仕事一筋な干物女子の市子。ところがある朝、二日酔いで目覚めると、苦手なイケメン後輩・一悟と同じベッドの中にいて…!? 会社では成績を競うライバルなのに、プライベートでは徹底的に甘やかしてくる彼に、市子は徐々に惹かれ始め…。

文庫判/630円+税

Petir
NOVELS

ヴァンパイア娘、
ガーリックシェフに恋をする！　2

2022年7月22日　第1刷発行

著者　ゆちば　©YUCHIBA 2022
発行人　鈴木幸辰
発行所　株式会社ハーパーコリンズ・ジャパン
東京都千代田区大手町1-5-1
電話　03-6269-2883（営業）
0570-008091（読者サービス係）
印刷・製本　中央精版印刷株式会社

Printed in Japan K.K. HarperCollins Japan 2022
ISBN978-4-596-74623-8

※本作品はWeb上で発表された小説「ヴァンパイア娘　ガーリックシェフに恋をする！」に、
大幅に加筆・修正を加え、改題したものです。